U0035666

Ibsen's Hedda Gabler A Critical Study

海達蓋伯樂研究

為何一位將軍之女、博士之妻，剛渡完蜜月旅行回來，
甚至可能懷有身孕，竟然在其生命的盛宴中一槍
打在自己的太陽穴上，選擇結束伊二十九歲的芳齡，
這個迷團該如何解開？

劉效鵬◎著

自序

本想一輩子都做個忠實讀者，悠遊於字裏行間，樂在其中可矣！更何況書海遼闊、高山仰止、觀之不足、無暇置喙。即令在大專院校教書多年，也惜墨如金，總覺得述而不作，正合我意。雖經師長好友道德勸說，依然如故，想起來不免汗顏。時光匆促，忽焉已近六十，果真交白卷走人？還是趁著尚未昏聵之際，也寫上幾個字，勾勒幾許？

在我讀過的幾百部名劇裏，最鍾愛莎士比亞的哈姆雷特與易卜生的海達蓋伯樂，在搜尋前賢牙慧之餘，也略做申述己見。在撰寫海達蓋伯樂研究的過程中，常與好友呂健忠交換心得、互通資料之有無，非常感謝。又承蒙川海兄、文哲、一琳、舜成、漢臣、舍姪女欣怡幫我買書借書，以及陳名怡、高新惠兩位同學打字，在此一併申致謝忱。

劉效鵬　書成於東湖

目次

前言

海達・蓋伯樂於發行之初和演出之時，除了極少數的評論者戈斯（Ednund Gosse）、阿契爾（William Archer）、詹姆斯（Henry James）外[1]，簡直是惡評如朝[2]。無怪乎蘇珊・塞森・易卜生（Suzannah Thoresen Ibsen）要說：「稍後或不久，人們將會了解這部戲劇企圖傳達些什麼，我丈夫估計大約要十年才能達到眾人理解的地步。[3]」而今卻如梅耶（Michael Myer）所云：「海達・蓋伯樂或許是易卜生作品中最能贏得普遍讚美者，最常演出的戲（至少，英國如此）。並且確實也是一般觀眾最容易欣賞的作品之一。[4]」究竟是什麼緣故造成這麼大的落差和轉變頗堪玩味。同時要對這部作品做出恰當的評價、歸類和詮釋絕非易事。腦森（John Northam）就說過：「海達蓋伯樂或許是易卜生所提出之最嚴峻挑戰性作品。在其事件與人物的表現中頗多反諷，幾乎容許任何片面和互相矛盾的詮釋；直到我們認識其反諷不是最終的，只是主調而已。這個劇本需要超越我們的同情和理解之上，它要求我們具備一種認識蓄意和荒謬的能力，並且更難得的是要能鑑賞到它的缺點和其他的特點相互依存，以及更為肯定的性質；並在此基礎上對其悲劇張力做回應。易卜生沒有一部劇本比它更具戲劇性。深入反諷底下的核心要求是密切注意到它為一種劇詩。[5]」同樣地海蘭德（Frode Helland）也認為「海達蓋伯樂是一個艱難的文本，挑戰詮釋者接受它的態度，不容易取得共識和歸類，有的人認為它是對一個受挫女人採取一種純粹地自然主義的探究，另一個則以為是一個頑固的布爾喬亞的一種批判，一部笑劇，一部黑色喜劇，或者是一部偉大象徵的悲劇？而解決這些問題方法在經驗基礎的界定[6]。」我非常同意他們所指出的海達蓋伯樂是一部難以評價和歸類的作品，卻又對他們所提出的解決途徑不以為然。儘管我們這些不認識挪威文的讀者，無法批評易卜生的劇詩，但不論是以詩或散文寫成之戲劇語言，充其量也只是戲劇的重要元素之一，且有一定限度。如純用言辭來表現思想，則落入政治學與修辭學的範圍，也只有在倫理意圖不明顯時，才用言辭來表現，若言辭涉及與此無關者亦非表現性格[7]。海達蓋伯樂也不例外，即令劇詩為該劇的最重要特色，全盤檢討它與其他元素的關係，所有問題就迎刃而解？我很懷疑。誠然，無論是劇本閱讀或劇場裏看演出，都涉及經驗的層面，獲得美感經驗，惟據此評斷作品之價值，也常陷入主觀、片斷、不穩定、評價不一無政府狀態的危機[8]。故本書將自不同角度，知識基礎探討，海達・蓋伯樂之劇名、舞台指示、人物、結構等組成部分，並予以評價和歸類。

由於不識挪威文，也無意校堪、比對版本之優劣與差異，故本文僅參照戈斯、麥克法蘭、多佛、費爾德四種英譯本，與潘家洵，高天恩，呂健忠等三人之中譯本[9]。惟本書所引海達・蓋伯樂劇中內容甚多，不列入註解部分。為求統一便於查對起見，以高天恩所譯之淡江大學版為準，且僅標明頁數。

壹、劇名、人物名的啟示

不論劇名的產生出自何種方式，在劇本完成之前或之後，對該劇之主題或意義所做之概括性提示，是直接說明或暗示性傳達，都希望給讀者或觀眾提供一條線索。至少也能激起一點想像，揣測這部戲劇可能說些什麼？關於那一方面？不太可能是全不相干，毫無意義[10]。易卜生寫信給其法文翻譯者普勞則（Moritz Prozor）說：「這部戲劇名為海達蓋伯樂，我的意圖在此名字裏賦予它指向海達作為一個人，與其為人妻，毋寧為人女。

在這劇本中若涉及所謂問題，並非我之所願，我主要想做的是在一個社會條件堅實基礎和當前的道德原則上，刻劃人類的存有，人類的情緒和人類的慾望。當你讀了整個劇本，我的基本意念將會很清楚，猶過於我能做的更進一步說明……[11]」。

既以人物為劇名，這部戲即有可能說有關她的故事，如為悲劇則可能更為聚焦，強調因她而生[12]。當易卜生指出海達寧為蓋伯樂將軍之女而非泰斯曼之妻，顯然是其有獨特的人格傾向和角色認同的問題。婚姻的儀式無法有效地切割過去／現在、身分／地位、權利／義務種種改變[13]。導致海達不適應，無法認同的根本原因是什麼？是外在的環境造成的？將軍與平民隸屬不同的社會階層和意識型態，海達下嫁泰斯曼心有不甘？至少佣人和泰斯曼小姐似有這樣顧慮和階級情結：

波　爾　達：很可能她會擺不可一世的樣子。
泰斯曼小姐：噢，那倒也不足為奇——蓋伯樂將軍的掌上明珠嘛！想想人家當年在父親跟前過的是什麼樣的生活。……
波　爾　達：可不是，一點都不假，我記得才清楚呢？可是我的老天，在那時候我做夢也想不到她會和我們的喬治少爺配成一對兒呀。
泰斯曼小姐：我也想不到。……（117頁）

易卜生也曾對演出這部戲的女演員史婷（Kristina Steen）解釋過這方面的問題，他說：「泰斯曼、他的老姑媽、和忠實的僕人波爾達一起形成一個完整統一的畫面。他們想法一樣，他們擁有相同的記憶和相同的人生觀。對海達來說他們的出現就像一股奇怪的和敵對的勢力，目標總是朝著她來。[14]」於是海達也不自覺地與他們保持距離，抗拒泰斯曼小姐親密的擁抱等肢體動作。在語言上也堅持用疏遠的稱謂[15]：

泰　斯　曼：往後妳跟她說話的時候，能不能用du別用de。海達，看在我的面上，行不行？
海　　　達：不行，不行，泰斯曼，你別叫我那麼稱呼她，我已經跟你說過了，往後我好歹叫她一聲姑姑就是了，你得知足點才好。

泰斯曼：好，好，不過我想現在既是一家人了，你就……（113頁）

其次，由於泰斯曼的經濟困窘，無法供給海達所嚮往的生活。

海達：它是我們約定的一部份，我們應該交際應酬，應該接待客人。

泰斯曼：不錯，你不知道我是多麼盼望那種日子！……可是，目前我們只能不交際，不應酬。……

海達：我當然不能雇用穿制服的聽差。

泰斯曼：喔！不能，沒辦法。……

海達：還有你答應給我買的那匹馬呢？

泰斯曼：（吃驚）馬！

海達：大概現在也休想了。（158-159頁）

猶有甚者，海達不祇一次否認對泰斯曼有愛，先是對布拉克法官表示——

布拉克：即使是跟你心愛的有專長的學者也沒有趣味嗎？

海　　達：嚇！別用那聽了叫人噁心的字眼！

布 拉 克：（吃驚）你說什麼，海達太太？（164頁）

同樣也對羅夫博格說類似的話——

樂夫博格：哦，我明白了，這個稱呼對不起妳那心愛的喬治‧泰斯曼。

海　　達：（瞧他一眼，笑道）愛？什麼話？

樂夫博格：這麼說，你並不愛他？

海　　達：可是我反對不忠實的行動。記著！（187頁）

既然不愛泰斯曼為何要嫁給他，海達自己所作的解釋—

海　　達：那時候我跳舞實在跳膩，我的好法官。我的時光已經過去了——（165頁）

換言之，海達一則厭倦了單身生活，二則她已經二十九歲早過了適婚年齡，社會的壓力很大，不得不為結婚而結婚。以上所述均屬海達適應不良，難以為人妻之外在原因。至於內在人格特質，這位將軍之女，伊之形象，正如泰斯曼小姐所云：「你不記得從前咱們時常看見她騎著大馬，跟著將軍在大路上飛跑嗎？她穿著那套黑的騎馬裝束—帽子上還插著羽毛。」（117頁）

其實海達‧蓋伯樂豈止雄姿英發，還玩槍呢！也無怪乎有人看了演出之後，直覺地稱其為沒女人味的女人[16]！她所表現出來的陽剛之氣，或陽性特質（Animus）得自父親的遺傳、教養方式與男性接觸經驗、和自身潛能發揮之結果[17]。是否因此拒絕懷孕，不願擔當為人母的角色和責任，乃至於海達的寧為人女而非人妻是否為戀父情結的表徵？

其次，從字源、字義上解讀劇中人物的姓名所啟發的聯想，或作者所暗示的意義，分析如次：

（一）Hedda Gabler

Hedda的名字在挪威並不常見，有可能是Gabler將軍以其故鄉Heddal來命名，倒是合乎習俗的。該地位於挪威東南與丹麥隔海相望的Telemark境內，易卜生故鄉附近一個極為荒涼且洋溢著野性美的地區。Telemark是挪威許多神話傳說之地，易卜生的詩劇皮爾根特（Peer Gynt）的主角即出生在那兒。Heder指涉英雄的情操、榮譽、名聲等。hede是曠野、狩獵之地、荒郊野外。hedning是異端份子、異教徒。以上諸字多少使人聯想到野性與自由相關感覺和意義[18]。

Gabler海達的姓氏意即英文gable山形牆的意思，另一個可能相關的字眼gale狂風、風暴，有引申為瘋狂之意[19]。如將其姓氏名字合在一起，顯然野性和自由是受到山形牆或所代表的屋宇的阻礙和限制，似有矛盾和衝突的意味。Hedda Gabler包含著非理性／理性、潛意識／意識、本我之快樂原則／超我之道德原則不同的要求，帶給自我的緊張與痛苦，在其心理與行事間掙扎，形成風暴，有瘋狂之虞[20]！

（二）George Tesman

挪威文的Jörgen與英文的George相同，源自希臘文的農夫或在土地工作的人。而Tesman其姓氏中的tes有不同的意含：(1)假說、學說、論文的意思，用於人時意指他適合、有助於某事。因此，泰斯曼就有適合從事學術工作者的意涵[21]。(2)腦森（Northam）指出tes意味沒有價值（worthlessness）、幾乎沒有用（almost useless）[22]。誠然在劇中泰斯曼全心投入學術研究工作，就連蜜月旅行也成了研究之旅，這位專家學者令海達十分厭煩，以永無止境來形容她的感受（164頁）。他的確像農人一樣勤奮地工作，但也平凡、呆板、無趣。同時海達對泰斯曼的態度，評價不高，頗有輕賤之意，對艾太太表示她根本不屑去影響或決定泰斯曼的命運（220頁）。羅夫博各認為海達嫁給泰斯曼是作賤自己（185頁），恥於跟他競爭教授職位，而自願退出、讓他（183頁）。至於沒用（useless）是否也有性方面的暗示，不易找到內證，就不做過多的揣測。

（三）Eilert Lövborg

Löv是個古字，今常改作lauf，意思是枝葉、綠葉，而borg則為城堡或要塞之意，lövborg就有“綠葉覆頂的城堡”之意[23]。海達口中的頭戴葡萄藤葉，極可能是從字源上來的。羅夫博各向海達道別時，提及前塵往事「頭上戴著葡萄藤葉，像妳從前成天夢想的……」。（229頁）顯然在整個戲劇動作之前，海達和羅夫博各做夥時候的私語。劇中九次提及絕非無因。由羅夫博各的名字，聯結到戴昂尼索斯有關的事物，祭典、象徵、神話的意義？

（四）Mrs. Elvsted

Elv河流之意，sted地方的意思，即“河流地”，表明居住在那種地方的氏族。而Rysing是Mrs. Elvsted的娘家姓氏[24]，按其社會的法律、道德的要求，她在嫁人後需冠夫姓，而她的私奔揭開後，多少帶有諷刺的意味，但同時也發揮了與海達相對照的功能。至於Thea源自希臘神話，是月亮女神，該字又有光亮、耀眼之意[25]。猶有進者月光美麗、照人、帶來詩意靈感、變化不定種種可能的聯想，惟現代均有貶謫的、非神聖的意味。就像她曾和泰斯曼交往、嫁給艾勒富斯德警長、跟羅夫博各私奔，最後又可能跟泰斯曼一起生活，可真善變！

（五）Brack

腦森認為他過份年輕的打扮和外貌，令人頭昏、搞不清楚，帶有警告的意思。他的名字Brack意指“brackish”、“fallow”都強化這一點[26]。brackish作混有鹽分、可厭的、作嘔的解釋，而fallow作休耕、無教養的、久未生育的意思。而劇中的布拉克四十五歲卻未婚，說是尊重婚姻制度，卻要介入海達和泰斯曼的婚姻，建立三角關係（166-167頁）。身為法官社會地位崇高，道德操守是不容懷疑的，反之則令人作嘔，海達就警告艾太太：那個邪惡的法官正坐在那裡注意妳呢！（197頁）

至於從未出場卻頗有影響的戴安娜小組（Mademoiselle Diana）——這位紅髮、孔武有力、專門獵取男人的歌女、妓女。杜伯赫（Durbach）指出她就是羅馬神話中的黛安娜（Danielle）只是原本代表處女、貞潔、皎白如月、令人尊敬的女獵神，在現代去神話、高度反諷的處理態度中，轉到相反的路子、貶謫了[27]。同樣地lövborg與酒神、Thea與月神的神聖性，也是以貶低的、反諷的調子為主。

再其次，名字在不同人物的口中，有不同的意義：泰斯曼小姐提到海達的名字如獲珍寶；羅夫博各直呼海達的名字，被斥責、拒絕，因為海達希望重新劃定他們的關係、身份、界線；而布拉克稱呼海達則帶有侵犯、占有慾在內[28]，亦即說隨著潛台詞產生不同的內含（connotation）。

名如其人的設計與安排，絕非易卜生所獨有，早在中世紀的道德劇如每人（Everyman）之類，每個劇中人物都是抽象意念的化身或代表。正因為他們的寓意太直接、明顯、確定，變成了傳教，殊少藝術性或價值不高。而易卜生採取的方式則是間接、暗示或象徵的，沒有絕對、確切的意義，最多也只代表劇中人物的一些面向，因為重要的人物都有其獨特的個性，尤其是海達蓋伯樂更是複雜如謎、難以理解。

貳、由舞台指示傳來的訊息

舞台指示雖屬文本外或副冊，卻也不是無關宏旨[29]。除了提供演出參考外，也為讀者而寫，易卜生就曾宣稱是為了讓讀者在閱讀的印象中，能夠經驗到部份的真實[30]。依據柏金博物館（Bergen Museum）所保存之易卜生製作筆記（1852-1854）不祇是看到他如何設計作品演出的意念構想，同時也能瞭解其砥礪戲劇技巧的過程[31]。換言之，易卜生是在參訪丹麥和德國的劇場之後，才逐漸熟悉當代舞台的機械和燈光，以及製作的常規[32]。並且從他一八五三年所寫成之仲夏前夕（Midsummer Eve）一劇開始在舞台指示中有著截然不同的考量，舞台的場景（setting）設定了前景、背景、左右翼、確立與某一類型舞台的關係。可能直接取自當代法國詭計劇（intrigue drama）的程式[33]。而後逐漸往寫實幻覺（realistic illusion）的方向邁進——從觀眾而非舞台來設定方向、以牆建立三度空間的佈景、立體牢靠的大道具、以集中或統一的地點儘量做到精緻細微，接近生活空間的程度。提昇燈光的層次，不祇是照明還要創造氣氛，在表達時間過程之餘，也要隨著動作變化。正如他對野鴨的場景就特別強調說：「燈光也有其意義，每一幕都不同，它會與每一幕所描述的那個基本情緒相呼應。[34]」易卜生在建立寫實風格追求幻覺中，也開始混合了浪漫的象徵主義（romantic symbolism）的元素和技巧，尤其是中後期的作品，以後者為主導。如就易卜生作品所設定的室外（outdoor setting）和室內（indoor setting）兩類景來說，前者放在山頂、海邊或其他開闊地形，光明透亮的調子，多半代表易卜生所歌頌的自由、獨立、個人、真理等理想境遇，後者局限在封閉、狹窄的屋子裏，潮濕、陰暗、窒悶的色調，為易卜生所不喜，譴責的邪惡部份。相形對照下多少都有些暗示，象徵的意味[35]。

海達・蓋伯樂舞台指示寫的非常細膩近乎小說的程度，在易卜生作品中大概僅次於小艾約夫（Little Eyolf）。他把四幕戲都集中發生在泰斯曼的家裏，時間也壓縮在一天半，從某年九月某日清晨開始到次日七時左右結束。就實踐的技術來說，既可仔細經營一個非常寫實，逼近生活空間的幻覺，又可調整屋內的傢俱擺設，利用燈光表示時間的過程，創造氣氛，並隨著動作變化，破除單調的感覺。為便於討論，中譯如下：

第一幕

一間寬大舒適，陳設典雅，色調深黯的客廳。後面，有一個拉開著門簾寬敞的玄關，通往一間與客廳佈置風格相同略微小些的房間。客廳右邊牆，有一個摺疊門通向門廳。對面牆，靠左有一扇玻璃門，簾子也是拉開的。經由門窗的玻璃可見外面走廊的一部份，和全是秋葉覆蓋的樹木。一張橢圓形的桌子，上面鋪了桌巾，四周的椅子，都向前擺著。靠近右牆前方，有一座相當大的黑色瓷爐，一張高背安樂椅，一塊柔軟的腳踏墊，和兩張腳凳。一張高背長椅，前面配著一個小圓桌，占據了右上角。左前方，距牆不遠，置一沙發，玻璃門後面向裏，放一檯鋼琴。玄關後面兩邊都有架子，擺設了義大利式、陶土製的裝飾品。裏間靠後牆放著一張沙發、與一張桌子、和一或兩把椅子。沙發上懸掛一幅身穿將軍制服威儀老者的肖像。桌子上方有吊燈，並配以乳白玻璃燈罩。為數不少的花束插在客廳的瓶子和玻璃杯裏。其他就擱在桌上，兩間的地板都覆蓋著厚厚的地氈。晨光微曦，朝陽透過玻璃門照射進來。

自其場景的描述看來，顯然有其預設的舞台型態，以將軍的肖像為透視中心點，玄關分隔客廳與內室兩間，且有鏡框的功能，聚焦強化透視感和幻覺效果。客廳和走廊部份有類於前景，透視與比例都必需考量。整個室內的家俱和各種陳設，既細緻又重色調，卻也不脫前述易卜生室內景慣有特色與暗示性意義。由於空間中物件排列的秩序是受人的思想、情感和意志的支配，所以讀者或觀眾可經由這些外在客觀、具體可感的符號或無聲語言[36]，瞭解或讀取人物內心，無形、抽象的世界。換言之，它也涉及人物性格的顯示，成為瞭解的途徑之一。同樣地，劇中人物的造型或者說服裝、化粧也一定與其內在的性格一致，至少會搭調。職是之故，劇本雖把場景設定為喬治・泰斯曼的家，但見到出場泰斯曼的造型「中等身材，三十歲，體格壯碩，一張圓圓的、開朗、喜氣洋洋的臉，金黃色的頭髮和鬍子。他戴了一副眼鏡，穿著一身舒適的室內便裝，頗有不修邊幅的味道。」全然不合，根本不搭調。但卻與稍後才出場的海達・蓋伯樂「二十九歲的少婦，面孔和身段透露著不群的高貴，臉色蒼白，而陰沉。鐵灰色的眼睛裏閃動著冷冰冰，而且沉著鎮靜的光芒。她的頭髮呈現令人愉快的淡咖啡色，但是髮絲並不濃密。她穿了一件款式典雅的寬鬆睡袍。」若合符節，相互輝映，房子就像是海達肢體的延伸，或一部份。事實上，泰斯曼之所以選擇這座福克秘書的別墅為其新婚住所，完全出自海達不經意的一句話說她喜歡，在其進一步解釋時，卻流露出更為古怪的訊息：

布 拉 克：不，我想一定是去世的福克秘書夫人遺留下來的。

海　　達：很對，滿屋子瀰漫著死亡的氣息。它使我聯想起舞會第二天的——一束枯萎的花。……（173頁）

海達竟然選擇凶宅做新房，實有違常情常理，其價格是否低廉，作者雖未明言，但已讓泰斯曼負了一身債，冒著破產的危機，甚至讓其姑媽以養老金作抵押，祇為了滿足海達的特殊品味而已。至於裝潢佈置更是順著海達的心意[37]。

客廳與內室兩個房間雖在陳設的風格上相同，但透過玄關和拉開的帷幕形成一個畫框（proscenium arch），焦點都凝聚在中央所掛之將軍畫像，更能代表海達・蓋伯樂。同時由於距離和層次的關係，也暗喻其內心深處，隱藏的世界。尤其是結束時海達拉下門簾，彷彿是切斷外面世界，與他人的聯繫，一槍貫穿太陽穴，倒在沙發上，也就是將軍肖像的腳下。

此劇的簾子或帷幕除了實用的功能外，也創造了獨特的內容（connotation）在第一幕開頭部份，泰斯曼小姐（亦即朱麗亞姑媽）好心打開玻璃門讓陽光和新鮮的空氣進來，卻惹得海達強烈地反感：

海　　達：佣人怎麼把陽台的門打開了，弄得陽光四溢。

泰斯曼小姐：（像門走去）那麼我們就關上它。

海　　達：不，不，不是那個！泰斯曼，請你把門簾拉上，使光線柔和一點。（128頁）

第三幕的舞台空間描述中有「門簾放下遮住中間的玄關，和玻璃門。」第四幕特別強調「門簾嚴密地遮住玻璃門。」而後指示「海達向上走到玻璃門，把門簾向旁邊拉開一點，凝視著外面黑漆漆的世界。」除第二幕，時間午後，海達站在敞開的玻璃門邊，拿著一隻左輪手槍正在裝填子彈。並向花園盡頭張望，且開槍跟布拉克法官鬧著玩以外，都是用簾子來隔離外在的世界。當然簾子不是牆，沒有完全封閉起來，只是疏離，也可謂海達心境的寫照。

海達不祇躲在帷幕後面看世界，保持距離以策安全[38]，並且避開陽光的照曬。她不喜歡鮮花，所以在第二幕的舞台指示中有「大部份的花束都已拿走，唯獨艾爾富斯德太太的花束擺在前面的大桌上。」相反地，她喜歡看秋葉：

泰 斯 曼：你在看什麼，海達？
海　　達：沒什麼，我只是在欣賞外面的樹葉子。它們是這樣黃！這樣枯萎——。（132頁）

同樣地，當她不經意地說她喜歡福克秘書的別墅，進一步解釋時，竟然聯想到一束枯萎的花，這些反應和態度完全憑其直覺，品味所作的判斷，自是相當真實可靠。

整個空間陳設的調子，是深黯的，穿著亦是黑色，尤其是第四幕她在「黑暗的客廳裏來回走著，隨後她走到裏間，向左一轉就看不見了，只聽到她在鋼琴上順手彈幾下，沒多久又見她走了出來，回到客廳。」飄忽不定，有如鬼魅幽靈。掀開窗簾凝視外面黑暗世界，作者似乎刻意突顯她對黑色暗淡無光有特別偏好。

四幕中空間佈置變化最大的是第二幕「鋼琴已經移走，擺了一張優雅精緻的寫字檯，並配有書架。靠近沙發的左邊置一小桌。」搬走鋼琴的決定出自海達的意願——

泰 斯 曼：你什麼地方不舒服嗎？海達？呃？
海　　達：我只是在看我這架舊鋼琴，它和屋裏其他東西一點也不襯。

泰斯曼：等我領到第一個的薪水，想辦法換掉它。

海　達：不，不要換，我不願和它分開。也許我們可以把它擺在裏面那間房子裡，再弄一架新鋼琴擺在這兒，我是說，等手頭方便時候。（133頁）

顯然海達移走它，是想要擺在更近、更貼心的位置。喜新厭舊本是一般人的常態反應，海達對舊的東西著迷，那對手槍更是她心愛的寶貝。

凡此種種舞台指示和潛台詞，這些無聲語言傳達了豐富的訊息，顯現了海達・蓋伯樂的人格特質：她對舊東西情有獨鍾，如鋼琴、福克秘書的別墅。繼續過著從前的日子——帶著跟班、騎馬、射擊、舉辦沙龍、宴會等等。蓋伯樂將軍的遺像，代表著精神不死，統御著海達的生命。由於迷戀過去無法面對現在的身份地位，躲在帷幕後面，不敢挑戰未來的改變，不願扮演人母的角色，漠視或輕賤眼前的一切。她拒斥陽光的照射、新鮮的空氣和花朵，穿著打扮，屋裏的陳設，都偏好黑色，暗淡無光，整個人都散發冷若冰霜的氣息，少有開心的笑容。對自然，人和事都抱持消極、倦怠，惟獨對死亡、衰敗的秋景、枯萎的花朵，情有獨鍾，這些特質都是典型的戀屍症性格[39]。關於她的破壞性衝動和惡意侵犯行為，留待下一章節討論。

參、人物論

一、海達是女性主義者？

易卜生于一八九八年五月二十六日在挪威保衛婦女權利協會的慶祝會上說：「……我從不容許在自己的作品中帶有任何有意宣傳的想法。與通常人們所想的不同，我主要是個詩人，不是個社會哲學家。……婦女為之奮鬥的那個事業在我看來是全人類的事業，誰認真讀我的書，誰就會明白這一點。當然，最好是順便也解決婦女問題，但我的整個構想不在這裏，我的任務是描寫人性。但事情往往總是這樣：假如描寫多少有點準確，讀者就會把自己的感情和情緒也都放進去，他們認為是詩人的意思；然而，不，完全不是。每一個人都按自己的理解重新創作詩人的作品，根據自己的個性美化它，修飾它。[40]」儘管如此，在討論二十世紀轉變之際的歐洲戲劇家，與女性主義關係的書籍，幾乎不可能完全不涉及易卜生。娜拉在傀儡家庭結尾時碰的一聲關上赫爾茂家的大門，這一個姿勢（gesture）公認是女性革命的宣示[41]，也是劇場史的重要一刻。假如把娜拉視為成功地擺脫了一切束縛，勇敢地實踐了自由意志，而海達則是失敗者。駱冰絲

（Elizabeth Robins）曾把多次修改後的海達・蓋伯樂演出本攤在導演史考特（Clement Scott）面前，率直地問是否瞭解海達？她認為除了易卜生這位魔法師以外，那個男人真的瞭解海達？認為當他們連自己的妻子、女兒或女友都不瞭解，如何寄望他們瞭解舞台上的海達？海達受到一堆無用可能性的束縛，教育成恐懼生命，太多機會去形成她的短處，卻苦無機會一展長才[42]。自從駱冰絲站在女性觀點詮釋海達・蓋伯樂演出以來，這方面的研究批評不斷，惟甚焦點集中在下列幾點：

一、懷孕與母性：究竟海達有沒有懷孕？在劇中有四次談到這個問題，答案卻是模糊不清：

泰 斯 曼：……我不曉得裏面那間內室和海達臥室中間的兩個空房間該怎麼處理。

泰斯曼小姐：（笑了）我親愛的喬治，我敢說你一定會發現它們的用途—只要時間一到。

泰 斯 曼：啊，您說的對極了，姑媽，您是說我的藏書愈來愈多，呃？（124頁）

泰斯曼這個書呆子想的只是書，壓根兒沒想到育嬰室。

泰 斯 曼：……您有沒有注意到她正處在什麼樣的顛峰狀態。旅行途中她愈來愈豐滿了呀！

海　　達：（橫過房間）噢，少多嘴！

泰斯曼小姐：（這時已停住腳步，轉過來）豐滿？

泰　斯　曼：當然現在她穿著那件衣服您不大看得出來，但是我看得見——

海　　　達：（在玻璃門邊，不耐煩地）噢！你什麼也看不見！

泰　斯　曼：一定是由於提洛爾的高山氣候——

海　　　達：（厭煩地打斷他的話）我仍然是我，一成不變。（130-131頁）

泰斯曼的感覺被海達斷然否定，同樣地，當布拉克法官提及這方面的問題——

布　拉　克：……但是假設現在有一樁——說的文雅一點——有一樁人們所謂的責任降臨到妳身上了呢？

海　　　達：（生氣地）閉嘴！那種事才不會發生！

布　拉　克：（機警地）我們走著瞧吧——頂多再過一年。

海　　　達：（斷然地）我不會的，對那種事情我根本沒有能耐，布拉克法官。我不要責任。（175頁）

海達再度否定懷孕的可能性，是基於生理上的缺陷？還是心理上的原因？不願承認、拒絕有這種可能性，甚或是她與泰斯曼的性生活有問題？但是在海達央求泰斯曼不要把她燒掉羅夫博各的手稿的事說出去，卻又反覆——

海　　達：……我不能容忍任何人騎在你頭上，我不允許別人遮住你的光彩。

泰斯曼：（懷疑之中透著喜悅，情緒複雜而強烈）海達！噢！這是真的嗎？但是——但是——你以前從來沒有用這種方式向我表示愛情啊！

海　　達：唉！我還是告訴你吧——我已經——已經——（不耐煩地打斷自己的話），不，不，你去問朱麗亞姑媽好了，她會告訴你的。

泰斯曼：噢，我懂了，我幾乎懂了，海達！（握著雙手）老天爺，這是真的嗎？我不是在做夢！呃！

海　　達：（絕望地扭著兩隻手）噢！我簡直活不下去！我活不下去，這一切！

海答暗示泰斯曼已經懷孕，是為了怕洩密，所採取的權宜之計，還是被迫說出一個她不肯承認的事實真相？她究竟是為了掩蓋燒手稿的罪證，不得不謊稱懷孕？由於不能接受自己一再說謊而痛苦不堪？或是無法承擔懷孕的事實而痛不欲生？前者是道德問題，一個坦白真誠的人，無法原諒虛偽謊騙；後者則是人格特質或傾向，與善惡好壞無涉[32]。海達明知帽子、洋傘是朱麗亞姑媽的，卻故意說成佣人波爾達的東西亂丟（129頁）。當泰斯曼一提及艾爾富斯德太太，海達立即反應道「——那個長了一頭令人討厭的頭髮的丫頭，整天炫耀她的頭髮，據說以前你們還打得火熱呢！」（135頁），但為了偵知她與羅夫博各間關係，裝作十分友善、親切接待她。又按第三幕海達在面對失去手稿幾近崩潰的羅夫博各，殘酷地隱瞞真相。凡此種種足以證明海達絕非真誠無偽之人，不會為了說謊欺瞞而內疚神明，因此，海達的痛苦的原因是懷孕，為人母的問題，即令現在沒有，將來還是有可能，只要婚姻關係存在，就逃避不了。當然，關鍵也就在她為何要逃避？反應為何如此強烈，奇特？或許，也如扮演海達・蓋伯樂的女演員蘇茲蔓（Janet Suzman）依據自己的經驗觀察，海達的懷孕似乎牽引了劇中每一條線索[44]。至少指向一個核心問題，海達雖為女兒身，卻厭惡做母親，亦即說女性與母性未必是一種天賦機能，可以合一，但也可能分離或欠缺？若要追根究底，海達早年的經驗或教養，是否與此相關？芬內（Gail Finney）說：「因為海達就像懷德根特的露露，辛吉的蓓琴美克，霍普特曼的蘿絲・白娜德一樣，在長大成人的過程中沒有母親，她已經養成一種意志堅定，十分獨立的女性。[45]」猶有甚者這位由父親調教的將軍之女，會的是騎馬射擊玩槍，只可惜武藝在其社會中沒有出路，做學者或教授之妻更無裨益。海達的陽剛氣質也與傳統所謂「男人打仗，女人生孩子」角色定位和天性期盼不符[46]。相反地，泰斯曼由姑媽撫養長大，在言行舉止上多少有些婆婆媽媽，囉囉嗦嗦[47]。若與泰斯曼小姐相提並論，反差很大，她仁慈和藹，處處犧牲自己為人著想，她未婚養育哥哥的小孩喬治・

泰斯曼成材、照顧長年臥病在床的姊姊蕾娜、拿養老金為喬治的家俱做抵押、把自己用得順手的僕人讓給侄兒、為了跟海達在一起不會難堪，特別購買了價值不菲的帽子和洋傘、甚至在老姐死後，還打算收留看護一個貧病交迫的陌生人。凡此種種具體而微地呈現一個良母的形象，充分展示了母性的光輝[48]。黛拉嫁給艾爾富斯德警長為續弦，照顧其繼子五年，現在為了羅夫博各私自離家出走，多少有些為德不卒。頗為諷刺的就在黛拉和朱麗亞雖未親生子女，卻比海達更願意付出母愛，更具母性。畢竟像海達那樣厭惡，棄絕為人母者，是特別、反常。

然而，海達也有符合傳統女性角色特質的部份，她蜜月旅行回來時帶一大堆箱子，多到馬車上坐不下泰斯曼小姐，很晚才到家，卻又如僕人波爾達所說：「……少奶奶不知道開了多少箱子才去睡哪！」（116頁）

正是有閒階級的婦女常以其超炫的花費來象徵丈夫財富的手法[49]，海達要求住別墅，買馬、鋼琴、男僕、宴會，都是虛榮的女性典型姿態[50]。或許，海達的虛榮也導致她對醜聞特別的敏感和恐懼，她原本很討厭黛拉之所以熱心接待她，並要泰斯曼寫信邀請羅夫博各，只為了想要弄明白兩人之間究竟有什麼關係？當她聽到黛拉私自離家出走，十分震驚——

海　　達：可是妳——公然私奔——

艾 太 太：唉，這種事是瞞不住呀！

海　　達：但是妳有沒有想到人們會怎麼說妳？黛

拉，人言可畏啊！

艾太太：他們愛怎麼說就怎麼說，我全不在意！

（147頁）

相對地，海達非但不敢承認她與羅夫博各之間的感情糾紛，而且就因為她把手槍送給羅夫博各自裁，追查凶器的過程，讓布拉克抓住海達涉入的把柄，威脅海達接受婚外情，於是海達陷入不可自拔的婚外情醜聞困境中，以致她選擇自殺的原因之一。

芬內認為海達具有男性與女性混合傾向，帶有陰陽或雙性標幟，通常雙性人格特質易患歇斯底里症[51]，其矛盾痛苦的情形，有如佛洛伊德所描述之意象：「當患者的一隻手緊緊抓住她的衣服以蔽其體（作為一個女人）而另一隻手卻試圖脫掉它（作為一個男人）。[52]」是故，我們見到海達焦慮地在房子裏來回走著，時而高舉雙臂，時而握緊拳頭，似乎絕望而衝動，最後她把玻璃門的垂簾用力拉開，站在那兒向外凝望[53]。而且海達也常表示活不下去，說她最大的能耐就是把自己折磨至死[54]，這些徵狀被視為患有輕度的歇斯底里症[55]。但我認為海達的矛盾掙扎主要關鍵不在雙性混合，而在母性的欠缺，不願為人母，認為是無法負荷的重擔。惟此不願懷孕的重負，是否大到海達無法承受，必須自殺以求解脫，頗感懷疑，不能置信。令海達焦慮不安，快要窒息的矛盾掙扎，其內心的衝動十分強烈，彷彿要破體而出衝到外面，才有用力拉簾子，看外面，是秋葉、黑夜都能聯想死亡。換言之，應有更大的原因，更嚴重的病痛，絕非初期或輕度歇斯底里，而是生死之爭，所以才常有活不下去，折磨至死的感覺，下文再論，在此不贅。

此外，與母性和生育有關的母題（motif）是創造與作品的討論：

海　　達：……他讓妳幫忙？

艾 太 太：可不是，他寫的書沒有一頁不是經過我幫忙的。

海　　達：事實上，你們倆成了並肩作戰的伙伴啦？

艾 太 太：（熱切的）伙伴！的確是！……（148頁）

按照艾太太的說法她參與羅夫博各的寫作過程，他們是志同道合的工作伙伴，羅氏也承認艾太太（黛拉）給他不少靈感。當羅夫博各遺失了稿子，偽稱把它撕成千萬張碎片，撒進海裏，隨風飄舞——

艾 太 太：你要知道，你對稿子所下的毒手！……你等於是謀殺了一個有血有肉的孩子。

羅夫博各：噢，是的，妳說的對極了，我謀殺了一個孩子。（226頁）

又按羅氏以同樣地比喻解釋其手稿的遺失比撕毀更壞——

羅夫博各： 海達，假如現在有一個男人——他在一夜狂歡和縱慾之後，在凌晨回到兒子的母親身邊，告訴她「……我把孩子丟了——不知道怎麼丟的，反正丟了就是丟了，老天爺才知道他現在落到誰的手裏——或者遭了誰的毒手。」（228-229頁）

同時也更為貼切的描述他的自責和悔恨的心境，黛拉在著作中所扮演的角色和意義，他們與其所創造的作品之間，就像父母與子女關係一樣。由於劇中並沒有透露其著作過程分工合作、參與的範圍、層面等實際情況和具體細節，所以它的象徵大於實質意義。

如按佛洛伊德夢象徵的詮釋作家的筆，雕刻等工具，都可視為男性生殖器的象徵[56]。是故藝術，文學的創作往往被設定為成熟男人的成就指標，當屬父性而非母性。另據父性的文字暗喻建立於著者（author）、作家（writer）、神性（deity）、父系（pater familias）等字彙的同一[57]。這或許也代表父權社會所產生的文化觀點與認知；生育係屬女性天賦能力，並有為人母之責任義務，而男性之勞動能量與心智創造占優勢，女性在文藝創作中僅扮演輔助或激勵的角色，說的玄妙些成為繆思（Muse）女神賦予詩人靈感的泉源[58]。隨著兩性平權、女性主義抬頭、女作家輩出、顛覆傳統的二分法，十九世紀末正逢其時，易卜生在海達・蓋伯樂劇中，似有意強化黛拉在羅夫博各，人類文明著作裏的角色與地位，他們是對等的工作伙伴，稱其中有她的靈魂，書是他們的孩子，甚至因為她保有底稿，與泰斯曼合作，有可能重建原著，這一回歷史重演，黛拉的地位和重要性更形提昇。

相對的，海達抗拒懷孕，不願為人母，缺乏母愛的光輝，同時也對書籍，學術研究毫無興趣——

海　　達：哎！泰斯曼，你知道，他認為全世界再也沒有比悶在圖書館裏面啃書更快樂的事了，成天他只會抄寫那些羊皮書的手稿。

布 拉 克：（帶著惡意）啊！那可是他的終身事業，至少是他生活的一部份。

海　　達：……唉！可是我，親愛的布拉克法官，我厭倦地簡直活不下去了。（163頁）

無論是羅夫博各已出版的新書或者是令泰斯曼嫉妒的手稿，海達都沒興趣翻閱，表明不關心這些。（209頁）

當羅夫博各遺失手稿頻臨崩潰，再三強調它的價值和意義，比喻為孩子，但海達依然不為所動輕蔑地表示：「說到頭講到底，不就是一本書嘛！」（229頁），甚至殘忍地把它給燒了。朱麗亞・泰斯曼小姐既未像黛拉參與學術研究工作，但也不曾阻撓或破壞任何創作成果，或許基於母性的關懷，對喬治・泰斯曼的學術研究保持高度興趣，一再提起有關的事務，並對研究工作給予高度評價與敬重。（見第一幕開頭與喬治的對話部份）。

二、海達也有易卜生的影子？

梅耶說：「就像易卜生大部份的劇本一樣，在海達·蓋伯樂的元素中，可追溯到他親身經歷的，或者是聽說的和讀到的生活裏的人事是非。[59]」易卜生於一八八五年訪問挪威的期間必然聽說過前一年冬天才結婚的美女索菲·梅闍遜（Sophei Magelssen）和語言學家彼德·葛羅斯（Peter Groth）之間的韻事。尤其是大家原本看好另外一位競爭對手赫爾茂·福克（Hjalmar Falk）會贏得教授的職位，結果葛羅斯事業婚姻兩得意。此一模式有類於泰斯曼與羅夫博各的處境，或者說易卜生所援用[60]。又按易卜生對其子說[61]泰斯曼是以年輕的德國文學史家艾力阿斯（Julius Elias）為藍本加以想像建構的。他對釐清別人的文章，找出個頭緒首尾，有極大的偏好熱忱，後來也成了名。就像劇中人物泰斯曼研究的是中世紀布拉本特之家庭手工業，即令是蜜月旅行也上圖書館，爬梳在羊皮書故紙堆裏，套句海達的話永無止境（everlasting）。為了重建羅夫博各的遺稿，他說：「不管有多難，我們一定要貫徹始終，我下了決心，編纂別人的作品，正適合我做。」（251頁）

巧合有趣的是艾力阿斯曾與考赫特（Halvdan Koht）合編戲劇家文字遺稿，易卜生的部份就落在他身上[62]。至於羅夫博各這個人物則取材自赫夫利（Julius Hoffory），丹麥人，定居柏林為斯堪地那維亞語言與聲韻學教授。曾把海上夫人翻譯德文，也是易卜生的好友，與聲名狼藉的女人過從甚密，並在狂歡宴遊中失去著作的手稿。當他發現自己出現在海達・蓋伯樂中，非但不以為忤，且隨之延用羅夫博各（Lovborg）為其筆名。他的精神狀態不佳，三十五歲入院療養，後來好轉一些，沒有完全康復，四十二歲死於瘋狂[63]。不過，對號入座自認是羅夫博各的還有瑞典偉大劇作家史特林堡（August Strindburg）。他以責備的口吻說：「海達蓋伯樂竟奠基於此，很明顯地易卜生把閒談八卦拼湊在一起，根本不是第一手的觀察所得。一個有才能的人如何會因為他酗酒、嫖妓和跟警察打架被毀掉？[64]」然而此時的史特林堡頻臨崩潰的邊緣，很難說服別人相信他的說法。更何況在一八八五年他也振振有辭，言之鑿鑿地說易卜生野鴨之人物赫爾茂・艾克達（Hjalmar Ekdal）根本是他。既是A又是非A，這種矛盾不易自圓其說。

泰斯曼的老姑媽是以艾里絲・霍兒克（Elise Holck）為藍本。易卜生於七〇年代初期在朱斯登（Dresden）與她數度接觸，得知她曾親自照顧臥病在床的姐姐，長達三年至伊過世為止。而易卜生也於一八七四年寫了一首動人的詩歌讚美她，同時，她也是唯一為人所知取材於本土的人物。這也影響早期的批評認為海達・蓋伯樂是最少挪威人的劇本，動作暗示發生在克利斯汀那（Christiania）更少於歐洲大都會。（通常是不標明特定的都市或城鎮）。

關於海達依據誰為模子？某些批評家推測為口齒伶俐的艾蜜麗（Emilie），她的美貌與貴族氣質，尤其是她年輕時的照片，跟易卜生所描述的海達（她的面孔和身段顯露出優雅和高貴。其膚色蒼白沒有光澤，她鐵灰色的眼睛展現冷若冰霜、沉著鎮靜的光芒。她的頭髮呈現令人愉快的淡咖啡色，但髮絲並不特別濃密……）交相呼應。不過，同樣的特徵和氣質可以在那個時期任何有良好教育的淑女的照片中發現。（如此的描述也同樣可以用在亞歷山大皇后的身上。[65]）無論如何，創造這樣人物的意念甚或早在易卜生認識艾蜜麗之前就已浮現，按照一八八六年羅士美莊（Rosmersholm）的草稿裏有一幅女孩子的速寫，原本安排為羅士美的女兒（雖然，他最後決定在劇本中沒有包括她在內），她有死於呆滯和寂寞的危險，她豐厚的才幹全無用武之地[66]。

此外，也有三件事引起易卜生的注意寫進劇本裏，首先是他所認識的一對年輕夫婦因其丈夫像被催眠似的受制於另一婦人，他們的幸福，他們的互信徹底毀了，從而求助易卜生勸解和開導他們[67]。如對照劇中人物艾爾富斯德太太不顧一切地追隨羅夫博各，但她察覺到兩人之間尚有第三者（不知是海達）。布拉克法官又想介入泰斯曼的婚姻，構成三角關係，甚至利用海達害怕羅夫博各之死與她有關的醜聞上身，脅迫海達就範。其角色與關係遠比現實複雜得多。其次，易卜生可能聽過一樁非常不幸的事件，挪威的一位貴婦在其丈夫戒酒成功之後，為了證明她的影響力送了一桶白蘭地到他的房裏作為生日禮物，不料當天丈夫就已醉死[68]。此一情節類似海達明知羅夫博各因酒醉狂歡中遺失手稿，瀕臨崩潰時竟送上手槍鼓勵他自殺，結果造成意外死亡。第三件是挪威的指揮家史文德生（Johan Svendsen），他的妻子賽莉（Sally）在一束花中發現另一名婦人藏了一封寫給她丈夫的情書，狂怒之下燒掉所寫的交響樂譜[69]，就像劇中人物海達燒掉羅夫博各的手稿—所謂黛拉他們的孩子。甚至這個比喻也能指向易卜生自己的遭遇作為—他在省城格列姆斯帶（Grimstad）藥房裏做學徒期間（1844-1850）跟他大十歲的女僕愛麗絲（Elise Sofie Jensdatter）結下一段孽緣，十八歲的易卜生做了父親，當時也無能力負起教養的責任，直到十四年後才對其私生子漢斯（Hans Jacob Henriksen）略盡心力，而父子相認竟然隔了五十年[70]。箇中複雜的原委，絕非外人所能體會，其切膚之痛、內疚之苦，是故有所謂手刃親子還不是一個父親做的最壞的事。更壞的是弄丟了孩子，不知道丟到那裏去了，顯然易卜生透過羅夫博各之口，傳達了一個非常個人的觀點。（228頁）

挪威的心理學家愛姆杜夫（Dr. Ame Duve）認為海達實際上是易卜生的一幅自畫像，她代表他自身被壓抑和受創的感情生活。海達渴望像羅夫博各一樣，但是她缺乏勇氣；性之實體令她不愉快，正如易卜生就是（羞於向他自己的醫生裸露自己性器官的男人），她寧可鼓勵羅夫博各描述其放蕩的經驗獲得取代的滿足。她常害怕成為笑柄和被人抹黑的兩種情緒牽制，易卜生雖願在其著作中留下一鱗半爪供人探究，私下也為這些情緒所苦，但是如果說海達是一幅自畫像，也幾乎確定為一種不自覺地流露，當然這種方式所揭開的真相並不少，有時反而更多[71]。或因如此，梅耶（Michael Meyer）在易卜生的傳記中，討論海達・蓋伯樂章節時，把一位年輕的婦女作為戲劇家的肖像援引為章節名[72]。

三、海達之破壞慾與戀屍傾向

一八九一年四月廿日駱冰絲（Miss Elizabeth Robins）在倫敦演出海達蓋伯樂之後，每日電訊報（Daily Telegraph）如是說：「它像是參訪了一趟陳屍所，……他們全都躺在銅棺裏，朝向我們，等著我們認領……在玻璃屏幕後聚在一塊的全是虛假的男人、壞女人、狐朋狗黨、肉慾主義者、自私自利的傢伙但還得感謝這裏的死人骨頭，沒有人能抗拒看他們。藝術用來達到最痛苦的目的。真的那種道德的淪喪的景像頗具吸引力……實際上，在陳屍所巡禮之餘，在死屍和自殺之類可怕的場景後面，在人類脆弱和腐敗的倒行逆施畫面之後，可謂風雲變色！唉，在易卜生悲觀主義的烏雲籠罩下見不到一絲曙光！多恐怖的一個故事，多醜惡的一齣戲。[73]」

然而就像阿契（William Archer）的質疑：「大多數的讀者或許都會察覺到海達蓋伯樂劇中只有一具死屍，而且所見之事物也只是作為落幕的短短一瞬間。[74]」至於羅夫博各的意外死亡，並未呈現在舞台上，僅有敘述而已。此外，就是從未出場的蕾娜（Rina）姑媽，於第三幕中傳來死訊，若與莎士比亞的重要悲劇哈姆雷特、李爾王、奧賽羅、馬克白相比，並不特別悲慘可怖，甚至更輕微些。究竟為什麼每日電訊所報導的當時觀眾看戲所得之印象，與劇本所指涉的內容有如此大的落差，原因何在？值得深究。

易卜生曾對海倫說過他想起在當學生的時候，常有衝動打破老師的鼻子，卻不是對這個人有任何恨意。「這種渴望做出一種瘋狂舉動的念頭在一生中都有，當與他人站在懸崖邊或高塔上，誰不會突然有一股衝動推別人一把呢？難道我們不會想傷害我們所愛的人嗎？雖然我們知道接著就會懊悔萬分？」甚至他認為「我們全部都在跟我們自己從事一場反黑暗勢力的戰鬥；此外別無其他。[75]」梅耶把最後八個字"a fight against the dark forces within ourself"擴大為羅士美莊，海上夫人，海達蓋伯樂和總建築師共同的主題[76]。

顯然易卜生通過自身經驗的省思，發現人類具有強烈的破壞慾，毀滅性的衝動。在某種環境或條件的刺激下，會非常強烈地感受到或凸顯出來；同時人類也往往會興起遏止的念頭，理性的控制措施，兩種相互矛盾的勢力，衝突抗衡不已，張力十足。並且在絕大多數情況下，因對抗沒有勝負結果，表面平靜無波，相安無事，甚至忽視它的存在，不去深究。誠如易卜生自己所招認的他不喜歡、不信賴抽象的思維，他說：「哲學理論除非能付諸實際，否則對我似乎沒有價值。[77]」以致他對人類破壞性本能的發現，沒有建構任何理論和學說，真正有系統的闡述，不能不歸功於遠比他晚的佛洛伊德[78]。

所幸易卜生在海達蓋伯樂劇中對人類破壞性，死亡本能與生之掙扎種種複雜矛盾的現象和心理過程表現的十分深刻細膩留下典範：

泰 斯 曼：（手持女帽，反覆地欣賞著）喝！您可真捨得花錢，買這麼漂亮的帽子。

泰斯曼小姐：買這頂帽子是為了海達。

泰　斯　曼：為了海達，呃？

泰斯曼小姐：是啊！要是偶而陪她出去才不致顯得太寒傖，叫她難為情。

泰　斯　曼：（輕撫她的面頰）您總是想的那麼週到，朱麗亞姑媽。（120-121頁）

然而朱麗亞姑媽這番苦心，卻遭到海達無情的羞辱——

海　　　達：我們絕對和這個佣人處不來，泰斯曼。

泰斯曼小姐：和波爾達處不來？

泰　斯　曼：嘿！親愛的，妳那兒來的念頭，呃？

海　　　達：（指著）你看！她把她的舊帽子隨便扔在椅子上。

泰　斯　曼：海達，妳——

海　　　達：想想，萬一有人走進來看見了——

泰　斯　曼：但是海達——那是朱麗亞姑媽的帽子啊！

海　　　達：真的？

泰斯曼小姐：（拿起帽子）是的，的確是我的，而且它一點也不舊，海達夫人——（129-130頁）

如果這個局面出自海達無意間造成，誤把朱麗亞姑媽的新帽子當成是佣人波爾達的舊東西，也只能說是一場尷尬難堪而已，但事實並非如此——

布　拉　克：你們剛才在談論什麼帽子？怎麼回事？

海　　　達：……她把她的帽子放在那邊的椅子上（看著他，莞爾一笑）可是我故意把它當成是佣人的東西。

布　拉　克：（搖著頭）我親愛的海達太太，妳怎麼做的出來？對那麼慈祥的老太太！

海　　　達：（神經緊張地來回踱著）哦，你知道—這種衝動每次都突如其來，一下子就把我征服了，我根本不能抵抗（在火爐邊的安樂椅上頹然倒下）唉！我不知道該怎麼解釋！（171頁）

海達先是以輕鬆有趣的態度談論其故意把朱麗亞姑媽新帽子說成是佣人的舊東西，對仁慈的老太太所造成的傷害，絲毫沒有悔意，甚至有快感。後來的焦慮、挫敗和沮喪感，部份出自無法取得布拉克法官所代表的社會輿論的認同，更大一部份是她被自己的惡意侵犯的衝動，行為所震攝。其心底或本我（id）的一股力量十分強大，像惡魔或影子似的蠱惑、操控著她，其意識或超我的道德規範失控，無法約束，兩種相反力量都來自她本人，衝突與戰鬥的結果都帶來恐懼和挫敗感[79]。

當布拉克法官帶給泰斯曼緩發教授聘書的訊息，必須等到他與羅夫博各的競賽告一段落。才能決定教授的職位屬誰時，泰斯曼跳起來，氣急敗壞地表達抗議——

泰斯曼：法官，這對我未免太不人道了。（雙手筆劃著）因為——你想想——我是結了婚的人啊！我們結婚——海達和我結婚——就全靠著這個指望；現在欠了一身債，還向朱麗亞姑媽借了錢。我的天，他們原先明明已經答應下聘的呀。呃？

布拉克：好啦，好啦，也沒什麼——最後的勝利還是你的，只是需要一場比賽罷了。

海達：（坐在安樂椅裏，絲毫不為所動）我說，泰斯曼，這倒有趣，各顯神通啊。

泰斯曼：唉！海達，妳怎麼這樣莫不關心呢？

海達：誰說我莫不關心，我比誰都急著想知道鹿死誰手。（156-157頁）

海達眼見其夫陷於經濟危機，甚至包括她自己的生計都受到威脅時，竟然不為所動。好整以暇地隔山觀虎鬥，且其幸災樂禍，一副看好戲的態度，也毫不掩飾。著實讓泰斯曼震驚，布拉克詫異，讀者和觀眾都難以理解，絕非正常人的反應。

猶有甚者，海達明知以泰斯曼的經濟能力，買別墅、長達半年的蜜月旅行、社交生活、僱跟班、買馬種種奢侈的花費，根本負擔不起。而且又把一切希望都寄託在教授職位的承諾上，簡直是進行一場豪賭或冒險，然而這一切的困境和危機都是海達自覺或不自覺的意圖所造成的。此外，海達曾對布拉克法官表示想要泰斯曼棄學從政——

布 拉 克：（笑開了）泰斯曼？得了，說實在話，政治生涯不是他幹得了的一跟他的個性完全是南轅北轍。

海　　達：我知道一可是我照樣有辦法使他擠進政壇呢？

布 拉 克：那又何必呢？妳又有什麼快樂可言，明知他的本性不適合做那種事，妳又何苦要趕鴨子上架呢？

海　　達：因為我厭倦不得了，我告訴你……（174頁）

同樣地凸顯了海達的人格特質是不自覺的或不由自主地把身邊的人推向痛苦的淵藪，毀滅的邊緣。這也許帶給她滿足或快感（潛意識或本我的慾望），打破了厭倦、沉悶、無聊的心境[80]。

當海達見到艾爾富斯德太太（Mrs. Elvsted）送來的花束和名片時，立即的反應是「那個長了一頭令人討厭頭髮的丫頭，還常常愛現……」接著揶喻泰斯曼「聽說你們以前打得火熱呢？」顯然相當負面的評價，有可能不接待她。只因得知她與羅夫博各住得很近，現在又同時重回故里，究竟有何特殊緣故？立即變得熱衷起來，親切接待攀談，一發現兩人關係曖昧的跡象，就叫泰斯曼邀約羅夫博各來訪的信函。在贏得艾太太的信任之後，追根究底獲知兩人的秘密，展開一石二鳥的計劃。就在羅夫博各來到泰斯曼家與海達和艾太太會面時——

海　　達：（微微泛起笑意，並讚許地朝著羅夫博各點頭）…穩如磐石，堅持原則，噢，不愧為男子漢！（轉向艾太太）怎麼樣，我說的沒錯吧，早上虧妳還氣急敗壞地跑來。

羅夫博各：氣急敗壞！

艾 太 太：（驚慌失措）海達——噢！海達——

海　　達：你現在看清楚了吧，你根本沒有理由要那麼緊張的——

羅夫博各：（驚愕，凝重）噢——到底是什麼回事，泰斯曼太太？

艾 太 太：噢，天那，海達，妳在說什麼？妳在做什麼？

羅夫博各：原來她氣急敗壞！她緊張！她不信任我！

艾 太 太：（溫柔地和無限哀怨地）噢！海達——妳把一切全都毀了。

海達巧妙地揭開了艾太太擔憂羅夫博各受不住外界誘惑，再度墮落的實情。使得羅夫博各發現其紅顏知己並不是真正了解他，信任他，原本就很脆弱的遷善向上之心，立即崩潰，變成自暴自棄，破戒喝酒，參加狂歡聚會。誠如佛洛姆（Erich Fromm）所云：「人由於察覺到自己的無能與隔離而痛苦，他要擺脫這種存在的重擔，方法之一，便是投入催眠似的狂歡狀態。[81]」然而短暫的麻醉、失憶和刺激，在清醒過後痛苦是否依舊？對身心是治療還是斲喪？海達想像羅夫博各參加狂歡派對的畫面「我好像已經看見了他——酒酣耳熱——神采奕奕的，頭上帶著葡萄藤葉！他將重新拾回了自信和自制，從今以後永遠是個豪邁自由的男子漢。」（201頁）

劇中九次提及葡萄藤葉（vine-leaves）顯然是作者刻意強調者，究竟所指為何？如果葡萄藤葉可解讀為酒神的象徵事物，所參與的狂歡派對，即屬酒神祭的性質和意義，促成羅夫博各加入者一海達蓋伯樂就有酒神女祭司的身份和地位了[82]。因其為不自覺地扮演這樣的角色和參與祭典儀式，其所具備的功能和意義，不一定被察覺和認同。正如最後一次提起葡萄藤葉的話題時，羅夫博各已參與經歷過後對海達說：

羅夫博各：漂漂亮亮的？（微笑著）頭上帶著葡萄藤葉，像妳從前夢想的那樣？

海　　達：不，不。對葡萄藤葉我已經失去了信心。……（229頁）

弔詭的情形就像狂歌縱酒的歡暢與爛醉嘔吐的狼狽成正比；強烈的性愛刺激與極度的空虛幻滅交替出現是悲是喜。或許海達所嚮往的狂歡派對，儀式效果全不如預期，故認為戴著葡萄藤葉的羅夫博各未出現，但他在狂歡中遺失了手稿而抓狂，於歌女黛安娜的香閨大打出手，警察前來制止時，又因毆打警察而被捕。此等荒唐行徑，傳得滿城風雨，再加上他與艾太太的曖昧關係，將會不見容於上流社會——

布拉克：……從此以後，就像從前一樣，每一個正經人家都不會讓哀勒特・羅夫博各進門。

海　達：所以，我的門也非關不可——你是不是這個意思？

布拉克：對了！（220頁）

當泰斯曼拾獲羅夫博各的書稿，原本打算在他清醒時再行歸還，但為海達扣留，又遇上蕾娜姑媽病危的噩耗傳來，泰斯曼急著趕去見上最後一面，以致海達有機可乘。最殘酷的是海達在面對羅夫博各失去手稿悔恨悲苦之際，非但不同情他歸還手稿，反而在他絕望崩潰時贈槍鼓勵他自殺了結一生。

海　達：你應該認得出這東西吧？有一回他曾經對著你的太陽穴瞄準過。

羅夫博各：那時候妳應該扣板機。

海　達：拿去——現在你自己隨時可以扣板機。

羅夫博各：（把手槍塞進貼胸的衣袋裏）謝謝！

海　達：做的漂漂亮亮的，哀勒特・羅夫博各。向我保證！（230頁）

接著海達在確定羅夫博各離去之後，開始焚燒他的手稿，當舞台只留下她一人，表現在獨白裏的內容，最能渲洩其心靈深處的秘密，甚至是原始本能的情緒反應——

海　　達：（丟一張書頁到火爐裏，然後喃喃自語）現在我要燒妳的孩子，黛拉——燒啊，燒啊，燒——妳的卷髮（又丟兩三頁進入火堆）燒死妳和艾勒特・羅夫博各的孩子。（把剩下的通通丟進去）燒，燒，燒——我燒死你們的孩子。（230頁）

海達十分嫉妒艾太太（黛拉）對羅夫博各做出積極正面的幫助他完成所謂曠世巨著，她在摧毀兩人的互信基礎，相濡以沫的伙伴關係之後，造成羅夫博各參加狂歡派對，艾太太十分質疑其用心——

艾 太 太：妳心裏一定另有動機，海達！
海　　達：對，妳說對了，我希望在一生當中至少有一次，能有力量去決定一個人的命運。（202頁）

她的確影響了羅夫博各的命運，引誘他破戒狂歡，名譽毀於一旦，遺失靈感寫成的鉅著手稿，鼓勵他自殺，最後還燒掉它，海達一手造成羅夫博各的不幸，毀掉他的榮譽、生命與成就。

她順利達到目的，獲得什麼利益嗎？答案是否定的，換言之，只滿足了為破壞而破壞的動機、過程即目的，捨此之外，別無其他。海達類似莎樂美（Salome）代表頹廢藝術（Decadent art）[83]，也如派克（Brian Parker）所指出的「這般企圖控制或剝奪男性創造力的女人，往往是以吸血鬼、人面獅身、酒神女祭司、龍捲風和水中精怪造成墮落為象徵，但最適合的意象則見於砍頭或斬首來代替去勢的象徵[84]。」海達也像那些女妖怪迷惑羅夫博各墮落，遺失手稿後對艾太太聲稱「既然我已經把自己的生命撕成了碎片，為什麼不把自己一生的作品也撕成碎片。」「撕成千萬張小碎片，撒進了海灣裏，一片一片，隨風飄舞。海水又清又涼，讓它們在海上漂浮吧！隨波逐流去吧！它們就會下沉！而且愈沉愈深，像我的生命一樣。」（206頁）此一悲劇景像與海達把它一頁一頁丟進火爐裏焚燒，而那黑色瓷爐也像張開血盆大口的怪物吞噬著羅夫博各的生命。海達曾拿手槍指著他的太陽穴[85]，現在要他自扣板機，死得漂漂亮亮、轟轟烈烈。既是砍頭也是閹割，海達像劊子手剝奪了他的一切創造力、生命力。

佛洛姆（Erich Fromm）把人類的侵犯（aggression）行為分成兩種：第一種是人與其他動物共有的侵犯性，這是當他的生存利益受到威脅，所產生的攻擊（或逃走）的衝動，這是一種防衛性的良性侵犯，是個體或群體生存所必需的，它是生存適應性的，一旦威脅消失，它也跟著消失。第二種是惡性侵犯，亦即破壞與殘忍，為人類所獨有，除了滿足兇殘的慾望之外，別無其他目的和意義[86]。在惡性侵犯中又以兩種不同的形式出現：前者是由特殊環境所激發的破壞性衝動，故可稱為偶發的，或許原本是潛伏的。後者是長久性的，它是性格裡的一種破壞特徵，儘管不一定常常出現，卻經常存在[87]。性格中具有破壞性特徵者，又可分成虐待症性格與戀屍症性格[88]。佛洛姆也曾對戀屍症在臨床上和方法學上做出原則性的提示。1.一兩個特徵不足以斷定之。2.為了診斷戀屍症也不需要把所有的性格特徵都收羅到。3.只有很少數具有完全戀屍性格者[89]，現在就按佛洛姆所舉例之戀屍症性格特徵與劇中人物海達·蓋伯樂性格中相同者並列對照觀察[90]：

（一）從性格學上說，具有戀屍症傾向的人，對一切死的、腐爛的、病的東西特別有興趣或被強烈吸引。它是一種把活的東西變成死的東西的激情，是為破壞而破壞的行為。興趣完全落在一切存粹機械性的東西上。它是一種撕碎活的組織的激情。

海達動了嫁給泰斯曼的念頭，主要是為了他肯買下福克秘書的別墅成家，但該屋的女主人可能去世不久，即令不是凶宅也非吉屋。那她為什麼選擇房子呢？

海　　達：滿屋瀰漫著死亡的氣息，它使我聯想起舞會第二天的一束枯萎的花。……（173頁）

第一幕的客廳裏所有的花瓶、玻璃、桌子上都佈滿了鮮花，到了第二幕除了黛拉送來的花束外，都擯除了。海達在絕望，她衝動掙扎之餘，吸引、轉移她注意力的是陽台外秋天景色。

海　　達：（已恢復平靜自主）沒什麼，我只是在欣賞外面的樹葉。它們是這樣黃、這樣枯萎了。（132頁）

雖然在泰斯曼邀請海達陪他一起去探望垂死的蕾娜姑媽時：

海　　達：（站起來，疲憊地表示，好像很排斥這個念頭）不，不，別叫我去，我最不願意見到疾病和死亡。我對各種醜都感到噁心。（213-214頁）

海達既然嫁給泰斯曼，見其姑媽最後一面，本屬晚輩應盡的禮儀，她的說法顯然有些矯柔造作。逃避的原因，可能在心理上不願意接受泰斯曼的親屬家族，前已舉例說明，在此不贅。

相對的，當海達聽到羅夫博各的死訊時，其態度和反應大相逕庭，迥然有別：

布 拉 克：唉！我很遺憾地告訴你們，哀勒特・羅夫博各已經被抬進了醫院。他已經不久於人世了。

艾 太 太：（尖叫）噢，上帝！噢，上帝！

泰 斯 曼：抬到了醫院！不久於人世了！

海　　達：（情不自禁地）這麼快啊！（242頁）

她不祇是亢奮，甚至在聽說羅夫博各自殺，一槍貫穿胸部身亡時，覺得雖不如從太陽穴射入那樣壯烈，但仍是個好地方。認為他幹了一件非常漂亮、有意義的事！

海　　達：（清晰而響亮）總算做了一件有價值的事！
泰 斯 曼：（嚇壞了）天哪！海達，妳說什麼？
海　　達：我說那裏面藏著無限的美麗。
艾 太 太：噢！海達，到了這步田地妳還能談美麗！
海　　達：哀勒特・羅夫博各斬釘截鐵地向生命做了了結。他有勇氣去做——唯一正確的事。

顯然海達對羅夫博各之死的反應與其他人形成強烈對比，簡直是掩不住的興奮，洩露了心底的秘密，本性的原貌呈現，幾乎招認了羅夫博各之死與她有關，好像是代替她去完成一樁任務。

海　　達：噢！哀勒特・羅夫博各這項壯舉，給人多麼大的自由感。
布 拉 克：自由。海達太太？噢，當然。這下子他可自由了。
海　　達：我的意思是就我而言，它給我一種自由感，知道在這個世界裏發揮勇氣完成一項壯舉能仍然是可能的。——一項自然美麗的壯舉。（247頁）

當布拉克惡狠狠地追問羅夫博各對她的價值和意義時，

海　　達：我知道哀勒特・羅夫博各在他活著有勇氣按照他自己的方式過活，而今，這最後偉大的行動，帶著它的壯麗！啊！在他想提早離開生命的盛宴時擁有多麼堅強的意義和力量！（248頁）

海達對羅夫博各之死的禮讚，不但讓劇中其他人物錯愕、震驚、難以理解，恐怕也超出一般人的想像之外。或許也因為她對死亡的歌頌、嚮往，只差點沒喊出死亡萬歲！以致她後來得知羅夫博各死於意外，而非自殺，子彈所射的部位完全不合她的理想，腸破肚穿、死相難看，所以她的反應是帶著想吐的表情抬頭看看布拉克，並且說：「竟然又如此，噢！我究竟觸犯了什麼天條，為什麼凡是我的手碰過的東西，立刻變得滑稽可笑和庸俗？」（250頁）倒是海達自己決定自殺時從容不迫，彈奏一手瘋狂舞曲後，一槍射在太陽穴，完全做到她的理想，赴了死亡的盛宴。

（二）就戀屍症者來說，武力即是把人變為屍體的力量，為解決一切問題第一個辦法，也是最後一個辦法；

海　　達：眼看著我們的友誼就要發展到不可收拾的局面，我不得不當機立斷！你應該臉紅的，哀勒特・羅夫博各，你怎麼想得出來竟然要欺負你的，你的純潔的朋友。

羅夫博各：（緊握拳頭）噢！妳為什麼拿槍恫嚇我，卻不敢開槍？當時妳為什麼不殺了我？

海　　達：因為我怕鬧得滿城風雨，影響名譽。

海達在面對感情糾葛、紛擾，甚或涉及性侵犯，所採取的方式竟然是用手槍指著羅夫博各的太陽穴，來結束這段情緣。當羅夫博各遺失手稿，瀕臨崩潰時，海達也是送上手槍鼓勵她自殺了結痛苦。又按布拉克法官要脅她，在醜聞上身，和做其情婦的兩種情況，擇其一時，她又選擇了手槍對準太陽穴，當然也是最後辦法和途徑了。

（三）就戀屍症性格的人來說，只有過去的事才是真實的，現在未來反而不真實。過去的事物統御著他的生命：習俗、法律、產業、傳統與擁有物。簡言之，物統治人，死的統治活的。

海達選福克秘書的別墅，甚至近乎凶宅為其新婚的住所，認為她的舊鋼琴與其他的家具不搭調。

泰 斯 曼：等我領到第一個月薪水，想辦法換掉它。

海　　達：不，不，不要換，我不要和它分開。也許我們可以把它擺在裡面那間房子裡，再弄一架新的擺在這兒。（133頁）

她不但堅決地保留它，而且常彈奏它，臨死前也再奏輓曲。此外海達最喜歡的當然是蓋伯樂將軍的手槍——其父之遺物。幫她打發寂寞無聊的時光，玩槍是她的嗜好，但也是她捍衛自己尊嚴，說「不」的利器，殺人和自殺的工具。就像軍人常說的槍是第二生命，頗有乃父之風。海達嚮往騎馬射擊、隨從跟班、高朋滿座宴無虛夕，可能均屬於往日情懷。正如將軍的肖像掛在上舞台中央，既代表著海達對父親的依戀之情，也象徵著統御支配的力量。

（四）戀屍症也跟色彩有關，戀屍症性格的人一般都喜歡暗的吸光的顏色，像黑色或褐色，而不喜歡明亮的，放射的色彩。這種色彩的好惡，可以從他們的服裝上看出來。如果他們畫畫，也可以從他們畫面看出來。當然，如果深色的衣服是傳統規定的，就從性格沒有關係。

關於海達的服裝的顏色問題，易卜生僅在第四幕的舞台指示中標明「海達，一身黑衣，在黑漆漆的房裏踱來踱去。」（231頁）其他像第一幕「她穿了一件款式典雅的寬鬆睡袍。」（127頁）第二幕「海達，穿著見客的衣服，獨自待在房裏。」（160頁）第三幕的服裝同前幕，均未強調說明其顏色。但第四幕海達所穿的黑衣，有可能是因蕾娜姑媽的死亡而著孝服，倒是泰斯小姐對波爾達說：「……妳不記得以前咱們時常看見她跟將軍馳驅在大道上，她穿著整套黑色的馬裝，帽子上還插著羽毛呢？」（117頁）如果泰斯曼小姐記憶不錯的話，海達是喜歡穿黑衣服的。如果按照麥可魯漢的理論衣服、房間都能視為肌膚的一種延伸。房子裏的家具擺設、樣式、顏色也都經過主人的挑選或設計的，自然也流露其品味、審美的判斷力、性格特徵。海達・蓋伯樂全劇只有一個景——泰斯曼的新居，但是為海達所挑選的福克秘書別墅，雖由泰斯曼和布拉克張羅，卻儘量符合海達的心意。（152和173頁）總括為「一間寬大舒適，陳設典雅，色調深黯的客廳。後面有一個拉開的門簾寬敞的玄關，通往一間與客廳佈置風格相同略小些的房間。」（115頁）顯然海達也對黑色有特別的偏好。再加上出場就指責傭人把門打開，弄得房裏陽光四溢，要求立刻拉上門簾，保持室內的陰涼。（128頁）當然光線也變暗了。同時，在第四幕舞台指示中不祇一次提及海達對黑暗的興趣，她一個人在黑漆漆的客廳來回踱步，走到玻璃門邊，掀起門簾，凝望著窗外黑暗的夜色[91]。（231頁）易卜生似已充分表達了海達對黑色和暗淡無光的偏好與傾向。

（五）戀屍症者對於惡臭的氣味有特殊的喜好，表現的方式有兩種：一是坦白表示喜歡臭味，二是壓抑對臭味的喜好，結果形成了反向行為，想把實際上不存在的臭味除掉。海達對於氣味的反應有兩處，一是當泰斯曼要拿臥病在床還為他刺繡的舊拖鞋給她看時，海達（朝火爐走去），謝謝，我真的不感興趣。（129頁）無論是肢體語言和話語都表現強烈的拒絕，避之唯恐不及之意。二是布拉克向她表功示好時說「現在我們為妳佈置得蠻像個家了吧？」海達的反應是「噁！滿屋子全是薄荷味和乾葉子味。——也許是朱麗亞姑媽帶來的味兒。」（173頁）似乎傾向於反向行為，逃避或消除實際上不存在的味道。

（六）戀屍症的面部表情的一個特徵是不會笑。他的笑都是假笑，沒有活氣，沒有一般笑容中開朗、歡愉的成份。事實上，戀屍症者不僅缺乏自由笑出的能力，而且他的面部是缺乏表情的無動於衷的。我們可以看到一些人，笑的時候實際上不是在「笑」，而是在「齜牙咧嘴」。但要分析劇中人海達在劇中有沒有哭？會不會笑？笑的時候其心中充滿快樂，讓週遭的人，或旁觀者，都會感受到她是善意的、正面的（positive），所謂真笑？或者是在她的笑容裏顯示出並不快樂，甚至是悲苦、憤怒種種相反的情況，亦或者是她懷有惡意、敵意對待週遭的人，她的快樂是建立在別人（被笑者）的痛苦上，不管旁觀者是否認同，都稱為假笑？但在實際的分析上有其限制和困難，畢竟戲不等於人生，看劇本也不同於觀賞演出[92]。如按舞台指示和台詞合計海達在全劇裏有二十六次笑容。但依台詞和潛台詞來解讀，卻很難找出海達是與人為善、心情愉快、真正的笑；反之，在所謂「假笑」或另類笑聲中有可分為兩種形式：一種是海達自己就不快樂，對於被笑的對象有著輕蔑、不滿、指責、憤怒種種負面情緒反應，報以冷潮熱諷。當然也會讓被笑的對象受傷害、痛苦、不好受，旁觀者可能也不會笑，我稱為A型，計6次。其次是海達有惡意，但她自己愉快開心，被笑的對象受窘，旁觀者也覺得可笑，比較接近喜劇中笑的性質，我稱為B型，計2次。再其次，由於海達自身的某種潛藏的原因，甚或是滿足了她的破壞慾興奮的笑了，但被笑的對象可能沒有察覺或體會其笑容的含意，呈現茫然不解、困惑的表情，亦可能不愉悅。而旁觀者不會笑，甚至因為領略了箇中含意，覺得可怕、顫慄，我稱之為C型，最多計18次[93]。

（七）戀屍症性格者談話時沒有活氣，這不是談話的內容問題，而是怎麼談。他一直僵硬的、冷靜的、漠然的；他呈現內容的方式是迂腐的、沒有活氣的，戀屍症的人是一張濕毯子，是團體裏把喜悅扼殺的人；他不會讓人生機盎然，而是會叫人厭倦，把一切都弄得死氣沉沉，叫別人覺得窒悶。誠然海達一時還無法接受為人妻的角色和認同泰斯曼的親屬關係，所以刻意與週遭的人保持距離，並強調自己一成不變，漠然面對家人世事。或許也如易卜生在舞台指示裏所描述的海達臉色蒼白、陰沉、鐵灰色的眼睛裏閃動著冷冰冰、沉著鎮靜的光芒，其天生的氣質就很冷酷，以致與人相處時好像冰炭不同爐，任何親密關係都建立不起來，再怎麼熱烈的氣氛都被破壞，況且海達沒有她要獻身的事業和持久的興趣，她的厭倦感影響了其他人。

（八）戀屍症者的皮膚也往往與一般人不同，它給一種沒有生命的印象，「乾」、病黃色。海達臉色蒼白、陰沉比較缺少血色，她的頭髮呈現淡咖啡色，但是髮絲並不密緻。若與她所討厭艾太太相比「她的頭髮有一種美麗近乎淺黃色的光澤，髮絲濃郁呈波浪形。」（135頁）則形見絀，甚至是乾澀了。而易卜生對她們的頭髮的設定並非偶然，在劇中的對話裏也再三提及，稍後再論。

（九）戀屍症與科技崇拜：在這個科技主控的時代，對科技產物著迷崇拜者比比皆是，與戀屍症無甚關係，但是到了對人，自然以及一切有生命的東西都沒有興趣，只對機械性的、沒有生命的人造物有感覺、有吸引力，甚至只崇拜科技所發明製造的殺人利器，用來達到毀滅的目的，就是典型的戀屍症性格了。

海達在沒有辦法安排社交活動、雇跟班、騎馬玩的時候：

海　　達：好吧！至少目前還有一樣東西可以消磨時間。

泰 斯 曼：（臉上現出光彩）謝天謝地！是什麼東西，海達？呃？

海　　達：（目光如寒冰）蓋伯樂將軍的手槍。（159頁）

劇中一共開了三槍，第一槍對著布拉克法官瞄準，卻向空處射擊，基本上是嚇唬他，鬧著玩的成分居多。

海　　達：誰叫你專走旁門左道？非給一點顏色看看不可。（她開了一槍）（160頁）

第二槍在歌女黛安娜的香閨裏，手槍意外走火殺死了羅夫博各，第三槍海達自殺結束自己的生命。

誠如佛洛姆所說「戀屍症的目的是要把一切有生命的變成死的東西；他們要毀滅一切東西、一切人，往往連他們自己在內；他們的敵人就是生命本身[94]。」至於戀屍症的產生的原因，以及什麼條件助長了戀屍症的發展，至今仍然是一團迷霧[95]。如按佛洛伊德的說法：「假設人類的本能只有兩種：一種是那些尋求保存和聯合的本能——我們稱為愛慾的或性慾的本能，另外一種是那些尋求毀壞和殺戳的本能——以及組合成攻擊或毀滅的本能，亦稱之為死亡的本能[96]。」同時破壞性並不是愛慾性的平行物，每個人在面對生命或死亡之愛時會二者擇其一或轉換，尤其是當愛慾、求生性的本能受阻礙，無法超越時，破壞性或戀屍性就會展現，擴張出來[97]。而佛洛姆又認為在形成個體愛慾發展阻礙原因中必然會助長戀屍症者乃是伊底普斯情結（Oedipus Complex）[98]。若就海達・蓋伯樂來說是否具有伊萊特特拉情結（Electra Complex）[99]，比較恰當。

易卜生把劇名定為海達蓋伯樂就為了強調她是父親的女兒，而非泰斯曼之妻。舞台指示中特別安排了將軍的肖像懸掛在正中央，其統御的力量不言而喻。從小到大的成長過程被當做男孩來教養，學會的是騎馬玩槍，簡直是個軍人。劇中從未提到海達的母親，全部空白，不會沒有弦外之音，至少母親的角色對海達不具重大的影響力。所謂戀父情結對於女兒是否能找到愛侶（lover），掙脫固結為主要關鍵，並直接影響她對男性的態度[100]。海達不認同泰斯曼的親屬，對布拉克法官和羅夫博各表明不愛丈夫泰斯曼（164、187頁），在言談舉止上對泰斯曼充斥了輕蔑和厭煩[101]。嫁給泰斯曼是因為已過了適婚年齡，在當時追求者中間最老實可靠、最癡情真誠[102]，亦或者是孩子氣、不成熟、婆婆媽媽的泰斯曼幾乎有可能與海達沒有親密的性關係或困擾，以致海達說燒掉羅夫博各的手稿，是不希望有人騎在他頭上遮住他的光彩（237頁）。剎那間泰斯曼欣喜若狂以為海達真的愛他，更微妙地海達讓他傳話給朱麗亞姑媽認定海達懷孕了，自始至終海達沒說過，泰斯曼也從未有過這方面的猜測斷言，反而傾向於他們的床第之間有問題[103]。至於海達對布拉克法官抵死不願做其情婦，也未發展成親密的男女關係，最多也只有言辭上的挑逗、曖昧而已。與羅夫博各之間是否有愛，頗有爭議，稍後在論，而前已指出海達用槍制止其性侵犯。海達不愛三人中任何一人，是否意味著她心中有障礙，未能走出戀父情結，最後以父親的手槍結束生命並倒在肖像的腳下，並非巧合，有其邏輯可循。

海達最早顯露其暴力傾向和毀滅性衝動的時間為學生時代：

艾太太：……每次在樓梯上遇見，您總是要撕我的頭髮。

海　達：噢，真是那樣？

艾太太：可不是，有一回您還說要放一把火把它燒光呢？

海　達：啊，那時候真是孩子氣！（142頁）

其實海達根本不曾忘記這件事，尤其是對她那把頭髮妒恨甚深，以致多年不見一提到萊馨小姐（或黛拉）第一個反應就是「那個長了一頭令人討厭頭髮的丫頭，整天炫耀……」（134頁）而且又在海達促使羅夫博各破戒喝酒，參加狂歡派對，認為打敗黛拉，改變他們的命運時，相當亢奮地表示——

海　　達：……噢，妳想像不到我是多麼的貧乏。而命運卻讓妳那樣富裕！（把她緊緊地、瘋狂地抱在懷裡）我真一把火燒了妳的頭髮！

艾 太 太：放開我！放開我！妳好可怕，海達！（202頁）

舞台指示中既已言明「她底頭髮有一種美麗近乎淺黃的光澤、髮絲濃郁呈現波浪形。」（135頁）勝過海達的「淡咖啡色，卻不密緻的髮絲。」（127頁）故海達討厭它，顯然是因挫敗而起的嫉妒，為此而要燒掉它，實超出常人的反應強度之外。想毀掉美麗的事物，當屬戀屍症性格的流露，事隔多年都念念不忘、耿耿於懷，恰是自戀者典型的反應[104]。一個具有高度自戀的人，關懷的只有他自己身心各方面的狀況和需求，以及一切與他有關的事物才是真實的。反之，舉凡別人和別人的事物都引不起他的興趣，甚至沒有真實感。因此，海達不愛泰斯曼、布拉克、羅夫博各他們任何一個、或世上其他的人，乃是理所當然的現象與結果。而她只是居於被愛的地位，甚至她的反應冷淡、自鳴得意（self-contentment）英氣勃勃，和美麗高貴外貌，散發出特殊的魅力

[105]。吸引了劇中所有出現在舞台上的男性角色，都喜愛她，取悅於她。實際上作者所設定的還不止於此——

泰斯曼小姐：美麗的海達・蓋伯樂，多光彩，包圍在她身邊追求她的男人可真不少呢？

泰　斯　曼：不錯，我猜這個城裏好幾位朋友都想跟我換位子吧！哈！（122頁）

如按佛洛伊得的理論，我們每個人都經歷嬰兒時期之首度自戀（primary narcissism），但在成長的過程中會將力比多（libido）發出去灌注於對象，形成自我力比多（ego-libido）和對象力比多（object-libido）的對立，兩者之間呈現此消比長的變化，如果對象力比多灌注多，其自尊降低，在愛情過程中個體似有放棄自己的人格傾向。反之，在成長過程中其發展受阻，就會把力比多收回到自我裏來，造成再度自戀[106]。前已言及海達之伊萊特拉情結，即是她成長過程之心理障礙，雖在適婚年齡已過，感嘆芳華已逝，無奈地嫁給泰斯曼，卻拒為人母，在加上海達欠缺獻身於任何事業的熱情：如朱麗亞姑媽照顧姪兒長大成人、臥病在床的姐姐，甚至是陌生人，所謂社會服務，犧牲自己，照亮別人[107]。像海達所譏嘲的永無止盡學術研究，也正是泰斯曼和艾太太熱心從事者，那怕是謙卑地爬梳他人的手稿而已。當然她也欠缺羅夫博各那種天才横溢、絕佳的創造力。她所會的騎馬射擊的技能，在當代的環境全無展現的機會，如果是聖女貞德的背景可能完全不同？一個人如果不能創造任何東西，不能感動或推動任何人，不能衝破她完全自戀的牢獄，便會感到無法忍受生命的無能感與一無所有感，這樣，她唯一肯定自己的辦法便是把她所無能創造的生活破壞掉，這不需要任何巨大的努力、忍耐與關懷，因為破壞與毀滅，所需要只是一把槍而已。海達之戀父情結（Electra Complex）、自戀性和戀屍症匯集一股強大毀滅力量，使她自己都常感到難以自制，呈現衰滅併發症（syndrome of decay）[108]。於是我們看到海達把生命中最大的激情和關注投入毀滅和破壞。當她在費盡心力摧毀羅夫博各和艾太太的伙伴關係，讓羅夫博各重回頹廢的老路，在狂歡中失去手稿而崩潰，海達鼓勵他自殺，送手槍給他也接受了，傳來死訊令海達非常亢奮，以為他幹下一件漂亮的事，莊嚴地走向死亡的世界，無限美麗。但後來布拉克法官又完全推翻，證實羅夫博各乃是意外身亡，而且死的很難堪，根本不是海達所期望的情境和意義。她所焚毀的手稿——羅夫博各和艾太太的「孩子」，竟然還有草稿留在艾太太手中[109]。而泰斯曼又願意和艾太太合作，那怕花一輩子的時間來完成，似乎羅夫博各的遺稿終於將問世，那個「孩子」好像復活有望了。海達原本希望改變或影響羅夫博各的命運、擊敗艾太太，毀掉她的成果，可是現在一切大逆轉。甚至在泰斯曼和艾太太致力於研究羅夫博各的草稿時，海達完全沒有插手的餘地——

海　　達：就沒有我可以幫忙的地方嗎？

泰斯曼：沒有，妳幫不了忙的（轉過頭來），我托你照顧海達了，親愛的法官。（256頁）

她變成了泰斯曼的包袱，累贅不打緊，還要落入布拉克手中，做他底情婦。無論如何海達都將面對醜聞纏身的命運，失去受人尊敬的社會地位。是故海達的「衰滅併發症」所引爆的一股強大的毀滅力量衝向她自己，轟地一聲擊碎她的頭顱。

四、主腦與陪賓間的類似和對比[110]

劇本的創作有如幻想與作夢，意念化身成人物，並賦予獨立自主生命的幻覺，從而內在的心理衝突也轉換到人物之間進行，眾多的人物為分解的產物。換言之，原本通過複雜化妝技巧的作者所有的特質被兩個或更多的人物替代或溶化，每一個人物也是經由濃縮過的兩個或更多個意念混合而成，每個人物為一個關係系統的一個成分[111]。

易卜生深知這種心理過程的奧妙，他習慣經過一年或更長時間的幻想、構思，直到這些人物逐漸地在他的想像力中建立他們自己的面貌和生命，他才開始動筆創造其戲劇的世界[112]。

以劇名人物海達・蓋伯樂為主腦，殆無可疑，只有極少數的批評家像弗倫西（Maurice Valency）認為羅夫博各為主角[113]。以及按照劇本動作的分析者見到羅夫博各的關鍵地位與重要性，阿普（Jens Arup）說「劇本的核心就在海達企圖控制羅夫博各的失敗[114]。」或者是奧爾登（Harley Olton）所考量的「戲劇主要動作為海達對羅夫博各的破壞，次要動作建立於羅夫博各徘徊在愛與不愛一個女人的心靈上的掙扎[115]。」儘管羅夫博各在整個劇本所佔比例，非但不如海達，甚至也不及泰斯曼，惟對戲劇動作的發展和進行是不可或缺的。

首先探討海達與羅夫博各的「同志」或「伙伴」（comrade）關係究意所指為何？

羅夫博各： 妳對我的友誼不帶一點兒愛的成份嗎？沒有一點一滴——裡面沒有一絲一毫的愛？

海　　達： 如果那裏有愛我也感到奇怪。對我來說就好像我們是一對非常要好的夥伴，兩個紅塵知己。（微微地一笑）尤其是你坦承不諱的告白。（188頁）

是故每當海達回憶這些前塵往事，總覺得其中包含著某種美麗、某種神馳迷惘、某種勇敢。而他們親密的友情也是外人無法想像和理解的——

羅夫博各： 是啊！海達當我向妳懺悔，招認那些當時沒有人知道的事情，我坐在那兒向妳訴說我的胡作非為，我通宵達旦的狂歡放蕩。
喔！海達妳究竟有什麼魔力，逼著我向妳
告白那些事情？（189頁）

但是海達並不認為，至少不全是懺悔告解與洗滌清淨其靈魂之類，相反地，她的動機是渴望知道，嚮往參與去被禁止的領域——

海　　達：你完全不能理解當一個年輕的女孩，在沒有人知道的情況下，抓住這個機會……
羅夫博各：怎麼樣？
海　　達：……將會很興奮的去偷看一下，偶然地進入那一個世界……
羅夫博各：那個世界？
海　　達：那個被禁止知道內容的世界。
羅夫博各：對生命渴望中的夥伴，既然如此，為什麼不應該繼續下去呢？（190-191頁）

海達指責羅夫博各企圖越界，破壞了她們的夥伴關係和友情，甚至不惜拔槍相向，終止往來。當羅夫博各質問海達為何不敢開槍殺了他？海達表示害怕鬧得滿城風雨，影響名譽，坦承自己的怯懦，在羅夫博各解讀為夥伴友情底下潛藏著對生命熱望的緣故，海達就不再否定了。

兩人這段夥伴關係的對話與情境人物巧妙地結合產生多

重複雜的語意網絡：

（一）海達剛結束其枯燥乏味的蜜月旅行回來，與分手三年的羅夫博各首次相見。不只是海達嫁人身份改變，其夫泰斯曼與羅夫博各同行，競爭大學教職，甚至羅夫博各也痛改前非，不再縱情聲色，出版新書造成轟動，並結識了艾太太這位紅粉知己，他們的心境非常複雜矛盾。

（二）海達與羅夫博各坐在客廳，背對著裏間蓋伯樂將軍的畫像，（彷彿在其視線以內）同時泰斯曼和布拉克法官也正在談話，不時從裏間走到客廳打斷兩人低聲私語，甚至海達還故意提高音量大聲談論攤在膝頭蜜月旅行拍攝的照片內容，用以掩飾這段私密性對話。

（三）當年羅夫博各向海達告白時的情境也與現在相仿——

羅夫博各：……那時我每天下午到妳父親的公館，將軍總是坐在窗子旁邊讀他的報紙，而且背對著我們。

海　　達：而我們兩個就坐在角落的沙發……

羅夫博各：膝上永遠攤著一份畫報……

海　　達：是的，因為沒有相簿。（188頁）

他們兩人總是在別人有意或無意的監督或在場的情況下進行秘密的交談、吐露心聲。雖有被發現但也有可能安然過關，充滿了緊張和亢奮的心情。羅夫博各認為向海達告白其狂歡派對中放蕩荒唐行徑，是一種類似宗教裏的懺悔和清淨儀式效用。但海達是一個未出嫁的姑娘，屬於貴族階層的將軍之女，其言行舉止受到道德儀禮的節制，對於那個狂歡放縱淫邪的世界通過羅夫博各的描述，達成安全的偷窺的目的，進而幻想羅夫博各帶著葡萄藤葉參與酒神祭典，甚至好比酒神，獲得替代的滿足與快感。而海達似乎不認同她與羅夫博各有男女之愛，更強烈排斥兩人發生性關係，因為羅夫博各正是其陽性特質的表現，另一個彼我（Other self）[116]。不是敢不敢殺而是不能不願殺他[117]。同樣地，當海達發現艾太太是羅夫博各新夥伴（comrade）竟然能引導他節慾、戒酒，還寫了兩本書，造成轟動，有資格列名為大學教授候選人，走上社會所期望的正途。於是激發了海達企圖奪其心志，從而破壞羅夫博各和艾太太的關係，引誘羅夫博各走回頭路，狂歡縱酒做個戴昂尼色斯的的信徒。海達心目中帶著葡萄藤葉的形象又復活了，埋藏在海達潛意識受壓抑的願望再度活耀起來。她雖以玩笑口吻告訴布拉克法官要是會隱身術就一定不會放過參與單身派對的狂歡（200頁）但也流露出她的「生命熱望」，亢奮期待其結果。急切地追問泰斯曼單身派對狂歡的過程（209-211頁），甚至又詢問布拉克法官。得知羅夫博各於黛安娜香閨大打出手，鬧到警察局的後果，再度滿足海達的偷窺和替代的慾望。而海達燒掉羅夫博各的手稿，鼓勵他自殺，都顯現出海達的破壞慾。乍聞羅夫博各的死訊，情不自禁地亢奮，強調他總算有勇氣去做了一件有價值的事，死亡中有無限地美麗，其戀屍症性格表露無疑。換言之，如自海達與羅夫博各的關係來理解，有如戴維斯所云「他是為了呈現海達的另一個彼我的工具，為其夢之視覺和聽覺的隱喻[118]。」然而這樣說法並不意味羅夫博各沒有獨立自主的生命與性格，當他一上場時候，舞台指示中描述「他的身材頎長瘦削，年紀和泰斯曼相彷彿，但看起來要比他蒼老，而且憔悴。頭髮和鬍子是黑褐色，臉孔長而蒼白，但是兩頰的顏色還相當紅潤。他穿了一套剪裁合度的黑色西服，還相當新。戴了黑色手套和絲帽。」郝斯特（Else Host）曾指認他的外貌、風格與海達相類似[119]。而他的蒼老和憔悴，可能與其酒色過度，或三年寫兩本書勞心所致[120]。至於強調他身著剪裁合度會客的新衣服，一則顯示其品味，二則暗示其重新做人，從此次的拜訪意味再度被社會接納。但是羅夫博各畢竟是個衝動狂放不羈的人，發現其紅顏知己艾太太也不能完全相信他。立刻變得自暴自棄、參加狂歡派對、酗酒、遺失手稿、大鬧黛安娜的香閨，甚至打警察。三年來的奮發向上，贏得之社會尊重，毀於一宵。遺失手稿就抓狂，全然不思補救的機會，立即放棄，並揚言與艾太太分手，接受海達所饋贈的手槍，準備自殺，最後雖死於意外，卻也不能說與其衝動的性格無關[121]。他所寫兩部書，一部是人類文明演進的歷史，廣為大眾所接受，造成轟動。另一部為人類文明未來發展推斷，震懾了泰斯曼這種專家學者，甚至願意付出其後半生整理其佚稿[122]。羅夫博各的才華可見一斑。他憤慨地指責海達嫁給泰斯曼是做賤自己，（185頁）根本不屑與泰斯曼競爭教授的職位，甚至願意等泰斯曼拿到聘書再演講，免得受到衝擊。強調只想贏得精神上的勝利，這也充分流露出他的自信和驕傲。喬治・泰斯曼是一位中等身材的青年，卅三歲，體格壯碩，有一張圓圓的、開朗、喜氣洋洋的臉，金黃色的頭髮和鬍子。他戴了眼鏡，穿著一身舒適的室內便服，頗有不修邊幅的味道。（119頁）顯然與海達和羅夫博各都形成對比。以他在全劇所佔分量或比例都很高，但衝突的焦點不在他身上，所以帶給人們印象並不那麼強烈，歷來的批評家著墨不多。他追求海達承諾買下福克秘書的別墅、養馬、雇跟班、宴會種種約定，遠遠超過他的經濟能力的負荷，一切的希望都寄託在教授聘任的承諾上，實在是冒了很大的風險。（158頁）海達不認同他的親屬關係，在言談舉止上對他的冷漠、諷刺、厭煩也不會全無所覺。所以當海達說燒掉羅夫博各的手稿是為了「不能容忍任何人騎在你頭上，遮住你的光彩。」（237頁）令他欣喜若狂，難以置信，也因此隱瞞真相，不說出去。他對海達與羅夫博各，布拉克法官的交往信任不疑。可見其對海達的奉獻、寬容、信任種種愛之表現可謂備至。泰斯曼對扶養他長大，如父如母的朱麗亞姑媽十分敬愛。對蕾娜姑媽在病中為他刺繡的拖鞋愛如珍寶，聽到伊之死訊，慌亂到說要跑著去見姑媽最後一面，根本不知所云，急成不知所措連手套到都戴不上，腦子一片紊亂，要辦的事也忘掉一大半。固然其笨拙的言行舉止顯得有些滑稽可笑，同時透露出他對蕾娜姑媽的感情，就連海達也感受到他的悲痛。而有云「我幾乎覺得蕾娜姑媽的死，帶給你的打擊，比朱麗亞姑媽還大」（235頁）泰斯曼甚至視其老佣人波爾達為一家人，榮辱與共。（238頁）或許泰斯曼言行中的婆婆媽媽也其來有自，受其家人——朱麗亞、蕾娜姑媽和波爾達的影響。艾太太曾與泰斯曼有過一段交往，請求他接納善待羅夫博各時毫不猶豫地答應，要他寫邀請函也立即照辦。在得知羅夫博各與他競爭教授的職位，直接威脅到他的家庭生計，尚能與羅夫博各見面時，熱情地接待。（178頁）撿到羅夫博各的手稿，未交還給他，只是擔心他酒醉未醒會再度遺失，純粹出自善意，被海達焚燬完全出乎他的意料之外。當他得知羅夫博各的死訊，甚至可能跟遺失手稿有關時，悄聲低語對海達說：「我們將會永遠良心不安。」（245頁）在艾太太說有羅夫博各的草稿也許能重新拼湊起來，立即的反應是什麼代價都肯付，認為愧對羅夫博各，即令貢獻一生也心甘情願。先擱下自己的著書研究工作，劍及履及展開重建手稿的工作，大有懺悔贖罪的意味，通過此一行為減輕其心理的心疚負荷淨化其靈魂。從泰斯曼為海達所做的一切，就一個丈夫的角色來說可謂盡心竭力，這也可能是海達對羅夫博各說出她雖不愛泰斯曼卻不會不忠的原因。布拉克法官要脅海達為其情婦，海達以自殺的行動來拒絕，固然還有其他原因，已於前述，卻也不能說與泰斯曼對待她的態度全無關聯，至少在她的理性、超我之道德原則是如此。泰斯曼對待家人、朋友並無多少缺失，即令是羅夫博各的手稿一節，他撿到沒有立即交還給羅夫博各，也是怕他酒醉尚未清醒完全出自善意，交給海達保管一則是君子可欺、始料未及。二則是蕾娜姑媽病危的訊息，須趕往探視。海達焚稿時，他根本不在場，唯一可挑剔的是他沒有舉發或說出真相，但那是一個違反人情之常，超高的道德標準，甚至是可爭議的標準[123]。至於他的婆婆媽媽、枯燥乏味的言行舉止，正如他終日所研究的中世紀布拉本特（Brabant）的家庭手工業那樣專業的小題目一樣令人厭倦，他的孜孜矻矻的爬梳古籍，恰與天才橫溢的羅夫博各截然不同，形成強烈的對比，也是易卜生刻意安排的。泰斯曼不討人喜歡，甚至他的過度單純、輕信、笨拙有時令人感到滑稽可笑[124]。但不是罪惡，與道德倫理無關。

布拉克法官在泰斯曼購買福克秘書別墅時為其爭取有利的價格，用朱麗亞和蕾娜姑媽養老金擔保別墅裏的傢俱地毯時勞煩他全權處理。（125頁）在房子的裝潢佈置上他出了不少力。（152、166、174頁）乍看之下，他是為泰斯曼這位朋友解決困難、樂於助人，但當他向海達表態主意希望建立三角關係，可見其城府很深、用心可鄙。相反地，泰斯曼毫無心機、不疑有他，完全信賴布拉克法官，甚至在布拉克發現羅夫博各死於槍走火的意外，認出槍是海達的，並利用海達害怕醜聞上身的心理，要脅海達做其情婦，為達目的趁人之危，其心固然可誅。更可議者，是特殊心態，布拉克法官位居上層社會，受人尊敬，其外貌易卜生設定為「四十六歲矮胖而健壯的男人。身材相當結實，舉止行動十分靈活，圓敦敦的臉，帶著貴族的氣息。頭髮很短，幾乎全黑，梳理得很整齊。他的眼睛靈活有神，眉毛很濃，唇上的髭也濃，兩端尖尖挑起。穿了一件剪裁合度的西服，只是式樣顯得太新穎，不大配他的年紀，他戴一個鏡片，時而戴上，時而取下。顯然強調他不但相貌堂堂，且重視穿著打扮到過火的程度，志在引人注意不言可喻。他之不婚恐不如其所云：「對於婚姻制度，我是一抱了一種尊敬的態度的……」（166頁）那樣單純。去年夏天當泰斯曼追求海達時，布拉克法官表示他走的是另外一條不同路，海達也明白（173頁）惟其所指的不同路，究竟只是陪伴另外一位名媛淑女回家，還是另外一種愛情之路，才說得這麼含混？換言之，布拉克法官對合法的婚姻、愛情持相反態度，無法接受、不喜歡，所以，不結婚。選擇營造的是三角關係，介入別人的婚姻，而且還要做到既是男主人信賴的朋友，又是女主人的戀人，（166頁）享受偷情與欺騙。一種奇特癖好，欺騙朋友是不道德的行為，卻因騙子自以為勝過被騙的人，在智力上高人一等而喜悅，尤其是偷情或許更能滿足這種慾望。海達雖把心理秘密向布拉克透露包括她為何嫁泰斯曼，希望他棄學從政，蜜月旅行中的煩悶無聊，突如其來的破壞性衝動導致她故意把朱麗亞姑媽帽子說成佣人的，甚至是對生命的厭倦，常想折磨自己等等。視他為知己？伙伴？因為海達與布拉克法官均屬貴族、階層認同？還是氣息相投、同類人？或者二者兼具。海達曾警告艾太太「別衝動行不行，那個邪惡的法官正坐在那裏注意著你呢？」（197頁）顯然海達也覺察到布拉克並非善類，向他開槍射擊時大喊道：「誰叫你專走旁門走道，非給你一點顏色看看不可。」（160頁）儘管帶有玩笑性質，但也是不自覺地直接的反應，亦代表海達對他懷有戒心，不完全能推心置腹，真正相信他。此外布拉克在劇中也扮演信差的角色，把舞台外發生的事，告知劇中人物和觀眾，當羅夫博各一夜風流的醜聞傳開時，布拉克跑來勸海達不要與之來往，達到鵲巢獨占的目的——

布 拉 克：為了達到這個目的，我不惜使用任何我所能用的武器。

海　　達：（笑容收斂）你是個危險的人物，利害衝突的時候你就原形畢露……（222頁）

當然這些訊息是必要的，即令是外來的因素，也會產生新的動力因子，增強戲劇的衝突，使得動作進行的方向、範圍和軌跡改變[125]。布拉克在第一幕帶來當局決定等泰斯曼和羅夫博各競爭有結果，才把教授聘書發給優勝者，立即帶來可能衝突，並造成泰斯曼家庭經濟陷入危機和恐慌。第三幕布拉克告訴海達有關昨夜羅夫博各在黛安娜香閨裏大打出手，並與前來取締的警察打鬥、撕爛衣服，被押進警察局。這件醜聞鬧得滿城風雨，從此正經人家都會拒絕其登門。第四幕布拉克兩度描述羅夫博各的不幸消息，第一次是說他用槍自殺被抬進醫院，將不久於人世。第二次再告訴海達真相，羅夫博各死於意外，腸穿肚破。固然，布拉克所帶來的負面消息，往往會形成懸疑和危機，甚至是現狀的改變或平衡的破壞，惟每一個消息既不是謠言也不是他所製造的。為什麼這樣巧他所報導的都是壞消息，而且又知道那麼詳細，海達曾問過布拉克法官「告訴我，法官，你到底存了什麼心，為什麼要把羅夫博各的一舉一動打探得這麼清楚，報告得這樣詳盡？」（219頁）他回答的理由有二：一個是因為羅夫博各先在他家飲宴，離開後出了事，法庭詢問時不能完全不知，甚至是難辭其咎。另一個理由是為海達著想，必須告知羅夫博各的一夜風流，避免被利用作為與艾太太幽會的場合。這兩個理由表面上看去言之成理，且出自善意。但是在羅夫博各從布拉克法官的家離去後，他就尾隨跟蹤著，所謂特殊的客人，就是他揣測羅夫博各會去參加狂歡派對。他好奇而有偷窺的行動，是故他所報導的消息、新聞，不是偶然聽到的而是主動地打聽，類似記者或警探偵訪。關於羅夫博各不幸的消息也是一樣：

泰斯曼： 告訴我，你怎麼知道這麼清楚？
布拉克：（簡捷地）警署裏一位朋友說的。（244頁）

然而布拉克法官所打聽的消息，並非其職務的需要，純粹私自的興趣和意願，所選擇報導的訊息，與其個人的利害關係不大，至少不構成威脅或損失。但對其他人可能意義重大，影響甚鉅，像泰斯曼能不能獲聘教授職務，不祇是關乎他個人的幸與不幸，也包括其家庭的經濟的問題，令泰斯曼非常恐慌、憂慮。羅夫博各的一夜風流荒唐，鬧得滿城風雨，毀掉了他三年奮發向上、改過自新的機會，當然讓關懷他的人，十分惋惜。至於羅夫博各不幸死亡的訊息，多少帶來一些悲劇的情緒反應[126]。卻唯獨海達與布拉克的反應與其他人或常人不同。關於海達的反常完全出自其性格，前已論之甚詳，無庸多贅。布拉克見到泰斯曼面對可能拿不到聘書危機，導致經濟困厄時，十分慌亂、緊張、憂慮、急切之情溢於言表。但他的反應也非常特別，對泰斯曼只有輕描淡寫敷衍兩句：「好啦，也沒什麼……最後的勝利還是你的，只是需要比賽一場罷了。」（157頁）倒是他對海達的反應有些意外，其實他幫泰斯曼談別墅的價格，辦保證抵押，對泰斯曼的經濟狀況相當了解，會帶來什麼樣的衝擊和反應，已能預期。是故，在海達表示根本不生影響時，布拉克也只能無趣說：「當然！那我也沒什麼好說了。再見！」向海達描繪羅夫博各的一夜風流，是為了鵲巢獨占，第一次描述羅夫博各自殺性命垂危的消息，除了海達異乎常人的反應外，艾太太悲痛萬分，泰斯曼既惋惜又內疚不已。符合報惡耗者的預期，然而一般人都不願意扮演的角色，布拉克卻重複擔任，大有樂此不疲之感，究竟所為何來？他喜歡窺看別人的隱私，願見別人慌亂、憂慮、緊張、悲痛、惋惜、自責種種不愉快、痛苦的反應，是否也有些虐待性格傾向呢？他從海達對羅夫博各自殺消息的異常反應看出端倪，所以在告知羅夫博各意外槍傷死亡的訊息中，證實海達脫離不了干係，就以不說出凶器，免得醜聞纏身，來要脅海達——

布 拉 克： 不過，妳放心，只要我不說，就絕不會有事。

海　　達： （把頭一昂，看著他）我這麼一來，就算落在你手裏了，布拉克法官。處處聽命於你，呼之則來，揮之則去，予取予求，永無止境了。

布　拉　克：（溫柔地悄聲低語）最親愛的海達，相信我，我不會濫用這份特權的。

海　　　達：但我還是在你的淫威之下，必須對你百依百順，有求必應。一個奴隸，一個奴隸！（蠻橫地站起來）不，我不能忍受，絕不。

布　拉　克：（半嘲半諷地注視她）人們再無可避免的時候，不都是半推半就，久而久之習慣成自然了。

固然布拉克的要脅沒有成功，海達以自殺來抗拒，讓他十分震驚在安樂椅裏，幾乎昏厥過去「仁慈的上帝啊！人不做這樣的事。」（258頁）然而他所追求的三角關係，是婚姻制度所不容許的，身為法官卻要犯法。他是泰斯曼非常信賴的朋友，再三要求他陪伴海達，而他滿口應承，骨子裏正好趁機去做背叛的事。他明知海達反抗、拒絕，卻要強迫她接受，摧毀其意志，屈服於淫威之下，痛苦是必然的，但久而久之可能變得麻木無感，所謂習慣成自然。布拉克法官性格中破壞和虐待性傾向，至此就更清晰明確了。與戀屍症同屬人類行為中的惡性侵犯領域，另一類型虐待症[127]。

至於艾太太、泰斯曼小姐在女性特質方面比較相似，但與海達形成對比，前已言及的部份，在此不贅。惟需補充者乃是易卜生在她們出場時於舞台指示中強調「泰斯曼小姐是一位年約六十五歲，端莊悅目的老太太，身穿一襲雅緻而樸素的灰色外出服。」（116頁）與「艾太太身穿一件黑色的外出服，很雅致，不過款式已不夠時髦了。」（135頁）對比海達所穿之「一件款式典雅的寬鬆睡袍。」（127頁）這種差異性固然也有禮儀因素的影響，畢竟海達在家裏，她們兩人是造訪者，但若與其性格結合就有暗示性的意義了。泰斯曼小姐撫養姪兒喬治・泰斯曼長大成材，用養老金抵押擔保泰斯曼的傢俱，把稱心的僕人波爾達讓給姪兒，照顧臥病在床的姐姐，甚至在蕾娜過世後，還需要幫助貧病交迫的陌生人，以及想為姪孫忙碌操勞。凡此種種永遠關懷別人，犧牲自己利他的行動，在海達看來是負擔，難以理解。（234頁）卻使得泰斯曼小姐活得很有意義，變得快樂幸福。同樣地，艾太太為了愛羅夫博各參與寫作著述，害怕羅夫博各受不了外界誘惑而出事，不惜背負敗壞道德的醜聞，私自追尋羅夫博各，懇求泰斯曼接納他。在羅夫博各遺失稿件她悲痛不已，並於羅夫博各過世後又和泰斯曼重建遺稿。為了愛可以無畏社會輿論的批評，因獻身學術研究昇華個人的哀傷之情，為這部戲劇帶來了一些積極肯定的意義。全然不同於海達的自戀、疏離、偷窺、破壞、種種負面否定的意義。或許基於海達的性格，內在邏輯的運作，找不到一條人生的幸福之路[128]。

劇中人物既係易卜生所創，當屬其人格之具現[129]。或許正如戴維斯所云「中年的易卜生他自己就像浮士德一樣，事業雖已達巔峰狀態，卻少有滿足之時，固然沒學浮士德與魔鬼簽約，但來自戴昂尼色斯的誘惑和艾蜜莉的危險或多或少持續造成他自身的撕裂，……終究易卜生以其知性克制了感官慾求的耽溺。[130]」就因為易卜生現實生活中的願望受到壓抑，不能實現、不滿足，才有夢和作品。海達在生活中循規蹈矩，不敢逾越雷池一步，贏得社會的尊敬，極端畏懼謠言醜聞，於是在面對布拉克法官威脅下，變成了無解的死棋。但又對戴昂尼色斯的狂歡極度的渴望，所以，跟羅夫博各成了伙伴同志，滿足了偷窺和替代的願望，甚至破壞慾戀屍症傾向與作者亦非全無關聯，佛洛姆也說過有戀屍症性格者照樣具備創造能力[131]。亦如劇中最原創能力，自由放縱者羅夫博各也曾改過自新，做個符合社會要求，贏得肯定的人。布拉克法官之社會地位和表面上的道貌岸然，與其私底下勾引海達，希望成為泰斯曼婚姻中的第三者、破壞者，以及偷窺行動，再三顯示出劇中人物都有其矛盾對立層面。恰如榮格所描述的人類心靈結構，每個社會成員都會努力扮演好其角色，符合社會的期待和要求，甚至是時時刻刻都不能懈怠、無限上綱，此即為人格面（persona）或面具的部分。如就劇中人物而論，泰斯曼所作所為最是凸顯這個層面，相對地他欠缺了陰影面，另一個潛意識中反抗的聲音沒有出來，以致顯得單薄和平直，不夠真實。總括說來，不祇是泰斯曼代表易卜生的人格面，海達、羅夫博各、布拉克之理性、意識控制下的循規蹈矩的部分，均屬易卜生符合當代道德原則要求，贏得尊敬的現實生活層次。羅夫博各之放縱狂歡的追逐，與艾太太之戀情，甚至布拉克之第三者角色，與易卜生之紅顏知己，忘年之愛關係密切，屬其陰影面的呈現，至於偷窺的部份，一則是劇作家觀察人生，收集材料的習慣，二則易卜生到了晚年健康日壞，依然坐在阿班斯水門公寓的窗前，享受偷窺過往婦女的身影[132]。劇中的女性角色當出自易卜生之陰性特質（Anima）之投射，海達之破壞慾、戀屍症傾向扮演著蠱惑者、女巫或哈卓（huldre）的角色[133]。艾太太（黛拉）與羅夫博各、泰斯曼之間的關係，為正面、積極、心靈伴侶的角色。朱麗亞姑媽則扮演保護者良母（good mother）的象徵[134]。

肆、結構論

一、展示

絕大多數的希臘悲劇取材於神話與傳說，甚至集中在少數幾個家族的故事，對當時觀眾來說俱都耳熟能詳。中世紀的宗教劇均出自聖經，故其展示可以粗疏地、直接地述說給觀眾聽。但自文藝復興以來，故事材料可出於作者個人親身經歷和觀察所得、虛構想像而成，戲劇開演時觀眾渾然無知，劇作者需要技巧地說明戲劇動作之前的相關事件，主要人物的履歷，社會文化背景，亦即是基礎動作的外延部分[135]。其次還要觀眾明白現在的狀況，主角與其他人物的關係，所處的環境，對於即將要展開的動作，面對的危機，可能的衝突，所持的態度與決心，讓觀眾或讀者知道這些訊息，自有其必要，但不能妨礙動作之進行，而且要能掌握觀眾的注意力，在懸疑，緊張的氣氛中發展，不時揭露部分的真相，帶來驚奇與滿足就不容易。劇作家固然希望不斷推陳出新，實驗一些不同的方法與技巧，但因襲傳統，繼承前人者亦復不少，易卜生即係如此。他的第一部戲劇凱特林（Catiline）採用中世紀以來的獨白展示（monologue exposition）方式。惟此程式（convention）較為粗糙，又與現實生活規則不合。從文藝復興時期義大利的批評家就提出為求逼真（verisimilitude），建議用知音人（confidants）取代獨白和合唱團[136]。由於主角可以將其內心的秘密向知心人傾訴，觀眾方可從旁知道，比較符合寫實風格的戲劇，所追求的真實幻覺目標。是故易卜生在傀儡家庭中為娜拉（Nora）安排了琳達（Mrs. Linde），這個知音人物，從而揭開她為救丈夫而偽造文書借錢的秘密。其他例子甚多，不再列舉。至羅士美莊（Rosmersholm）改為主僕間對話形式，海達・蓋伯樂亦相近似[137]。開場時朱麗亞姑媽和其僕人波爾達清晨就來到泰斯曼和海達的新居，在確定兩人尚未起床，就輕聲細語地展開一場對話。同時又打開玻璃門，讓陽光和新鮮空氣進到房裏，把帶來的花束放在鋼琴上，並略作整理。話題圍繞著海達和泰斯曼，回溯動作發生之前的事件：海達與泰斯曼昨晚剛蜜月旅行回來，海達更是開了不知道多少箱子才去睡。兩人出生背景全然不同，泰斯曼幼時失怙，由朱麗亞和蕾娜姑媽撫養長大，苦讀有成於旅行期間獲得大學頒贈博士學位。而海達為蓋伯樂將軍的掌上明珠，昔年常穿黑色馬裝，騎馬招搖過市，眾所矚目。現在所面對和未來可能的危機是蕾娜姑媽的病情，朱麗亞把隨她多年的老僕人波爾達，遣來照顧泰斯曼，卻有可能不合海達的心意，新來的女孩子又可能無法承擔看護病人的工作。再者是泰斯曼是否能得到教授的職位？

泰楠特（P.F.D. Tennant）認為朱麗亞姑媽與波爾達為

了不要驚醒海達與泰斯曼，所進行的一場悄悄話（whisper）創造了一種懸疑感和顯示兩位主角的臨近性，甚至其開場時的寧靜，安謐狀態與結束時海達一槍打在自己的太陽穴，震攝全場的景象，形成強烈的對比[138]，頗具特色。而勞遜（J.H.Lawson）則指出這個開端比起易卜生其他許多劇本較少戲劇性，即令加上泰斯曼與其姑媽的對話，也是敘述性的，不自然。可能是因為易卜生太集中精力在海達，一心只想通過她的自覺意識和意志來點明環境中的每一個元素，但在開場中我們還是可以看到海達需要一個生活的目標。而此目標的實現，是由社會條件決定的的，朱麗亞・泰斯曼小姐代表那個社會，所以動作要從她開始[139]。如果從出腳色的層次上來說，先由次要腳色波爾達和朱麗亞姑媽介紹主要腳色泰斯曼出場，最後海達再上場，不祇是層次井然，也使海達得到更多的強調、注目[140]。同時泰斯曼與其姑媽的對話中透露他拿到一筆為數可觀的獎學金，從事一趟為期五、六個月的學術之旅，同時也滿足海達所要求的蜜月之行。甚至也上溯到在眾多追求者當中，他之所以雀屏中選，又與他肯為海達買下福克秘書的別墅有關，但也帶來負債的危機，甚至拖累其姑媽以養老金擔保到別墅裏的家俱和地毯。他的主要競爭對手羅夫博各最近出了新書，對其教授職位有可能形成威脅。朱麗亞姑媽為免覺得寒傖而買一項價值不菲的帽子，利用時機探問海達是否懷孕[141]。凡此種種訊息，一方面回溯動作前的事件，推向基礎動作外延重要的邊緣——海達與泰斯曼的婚姻，蜜月旅行的情況。另一方面也預示了可能的危機與衝突諸如：泰斯曼的經濟窘況，與羅夫博各的競爭，朱麗亞姑媽所憂慮的社會階層、經濟、教養的差距、與海達相處的困難，帽子即是一例。海達是否懷孕，後來也成為焦點之一。惟勞遜強調海達需要一個社會目標，並由其社會決定，如其無法找到目標，促其現實就會導致悲劇，似有過分重視環境之嫌。前已論述海達性格中的陽性特質、自戀性、戀父情節、戀屍症種種內在特質，才是形成悲劇的主因。

二、戲中戲與重述

漢肯遜（Daniel Haakonsen）曾為文指出易卜生在其寫實的戲劇裏常用戲中戲（The play with in the play）的技巧，幾乎成為一個規律[142]。主要是因為「大部份的人物都隱瞞其過去部份的歷史，粉飾其現況和拒絕透露某些重要資訊。他們讓重大的原因和事件處於部份或全然模糊的狀態，……轉變是由於他們現在努力想要達成的計畫與其過去息息相關。這就是他們為什麼要掩飾其思維、感情、意圖與熱望。一旦對話觸及他們隱瞞的事蹟的某些重要層面，他們就需要一定程度的做戲。[143]」同時易卜生的許多劇中人物所掩飾的事實真相往往持續到落幕前一刻才揭開，如娜拉（Nora）阿文夫人（Mrs. Alving），葛雷格（Gregers Werle）芮貝卡（Rebekka West）等。而逐漸揭開隱瞞的事蹟又能保持戲劇的張力帶給觀眾興趣和娛樂，的確是易卜生寫實戲劇非常重要的技巧。

其次，當劇中人物在其言行舉止中隱匿了許多的秘密時自然也就賦予演員一個豐富的領域，所表現的情緒是複雜，多樣變化的。故漢肯遜說「易卜生的對話之所以令人興奮，是因為人物隱藏在話語的背後，在其表達的台詞背後隱藏了思想和計畫。[144]」猶有進者，一個劇中人物的欺騙的言辭或做戲與各種言辭的象徵主義或象徵的動作之間具有密切的關聯性。追根究底，易卜生人物的欺騙多半是他們自認為贏得別人高度尊敬，可以狡猾地隱匿其居心用意進而操控、引導別人。

再其次，這些場景在演出中除了帶給觀眾娛樂，由動作製造緊張的印象外，也引進了生命和自由的元素，在寫實主義枯燥無味的背景所主導之人物和環境的描摹中，顯得特別凸出，我們也會對非常重要的，突然發生的某些事情產生強烈的印象。而「這個人物真實個性中的某些事物，在特定的時機裏揭露出來，就顯得更為獨立自主。緊接著，突然地衝破既定的社會程式，並以他們自己的規則揭開生命中其他的概念。[145]」這還不是這類場景最重要的功能，易卜生利用週邊的場景作該劇更為核心問題的準備。事實上，一般說來，這種場景是我們討論的指標，並為一次急轉（peripetiea）的前導。他們開始作為主角對自由的渴望的表現，往往針對團團包圍他的社會程式，採取反叛的形式，此場景之後，使得某些情況變得完全不同，唯此類人物必須找到自己的束縛才能解開鎖鏈變成更強大的一個人[146]。

戲中戲往往最初是由劇中人物他們自己安排發動的，但後來我們感覺到其他力量參與控制這個行動。亦即是說最初這個人物要扮演這個腳色，但後來的生活或命運介入這個行動，強迫人物參與其中，如其扮演這個腳色到底對其而言就一點不假。[147]

漢肯遜在分析描述易卜生的戲中戲技巧之餘，接著評估其道德基礎和類型歸屬問題。他說「如果把一種客觀的秩序變成具體的化身，引領人物進到自己的戲份裏，然後主要的道德問題就在與他們準備接受的事物的新秩序和他們無法預期的結果的關聯上。[148]」進而分辨判斷其類型，他以為「顯然地一位悲劇作家在衡量人類生命所使用的語彙將完全不同於布爾喬亞的戲劇作家。因為後者，在生活中的衝突常被當成病態的符號。但是一位悲劇作家如其能被理解，經驗和接受人類生活中的不和諧，則將視為造福於人類和一種功動符號。在悲劇的衝突中事實上超越了一己生命的透視，即令他們是經由單一的個體來實踐。……由於戲中戲真正的關聯不是布爾喬亞戲劇的道德符碼，而是在偉大的悲劇舞台上衡量人類的命運和在一個更大的事物秩序中有效地扮演其角色。[149]」在此觀照下，他認為易卜生是一位命運劇的唯心主義作家。然而這種結論和歸類窄化了戲中戲的問題和意義，在討論個別作品時常顯得方圓柄鑿或削足適履。正如海蘭德（Frode Helland）指出要把海達・蓋伯樂完全解釋成唯心主義的悲劇並不恰當。於是他為強調討論的架構，重建戲中戲所指涉的意義，並爰引德國理論批評家班雅明（Walter

Benjamin）的論點，作為分析批評的基礎[150]。班雅明在其巨著中論述巴洛克悲劇時認為戲中戲是巴洛克和浪漫派作品的一項突出的程式。戲中戲不祇是在人物的分裂中顯示而且在其扮演的角色上反映得更明白，並於一部戲劇的脈絡裏暗示。戲中戲的無限不確定性導致一種幻覺的裂隙，強化了生命本身的戲劇風貌。在這種藝術形式中，戲中戲變成了有寓意的，如此的場景把舞台的本身轉化成一種幻覺的表徵[151]。此一戲中戲的觀點自不同於漢肯遜，後者視此為預示統一的必然性和命運劇的先驗價值，班雅明則持相反的看法，以為是一種戲劇的不確定性，幻覺的反映和片段的裂隙。

海蘭德在引用兩家對此戲劇程式的觀點之後，又特別強調應注意兩個層面：部份與整體間的緊密關聯以及由戲中戲所帶來的否定性，幻覺的反諷裂隙[152]。他雖未言明海達·蓋伯樂劇中只有第一幕的帽子場景和第四幕接近結束海達模仿的場景兩個戲中戲，但至少是她所認為的最具代表者。首先要探討的是第一幕帽子場景（hat scene）：當泰斯曼小姐問海達昨晚在新居睡的可好，海達回答過得去，而

泰 斯 曼：（笑著）還過的去！好傢伙，海達！我起來的時候妳睡得像塊石頭。（127頁）

顯然泰斯曼是以丈夫的身份，自以為知道事情真相，海達只有接受的份兒，而海達卻轉移話題指責傭人為什麼打開陽台的門，弄得陽光四溢。泰斯曼小姐表示要去關門，而海

達卻只要拉上窗簾，結果是泰斯曼去做了（128頁）。而實際上打開陽台玻璃門讓陽光照進來的是泰斯曼小姐並非波爾達，所以海達無意間把矛頭指向了她。接著朱麗亞姑媽掏出舊拖鞋交給喬治泰斯曼，而他很荒謬地強行要求海達分享其喜悅和參與過去的記憶。海達走開並表示不感興趣，但

泰斯曼：（跟了過去）妳想想，她病成那樣，蕾娜姑媽還親手為我刺繡，噢！妳不能想像它帶給我多少回憶。

海達：（在桌子旁）卻不能帶給我什麼。

泰斯曼小姐：當然不會帶給海達什麼，喬治。

泰斯曼：哎，可是現在她屬於這個家庭，我以為——（129頁）

顯然泰斯曼認為婚姻後的海達就像房子、鋼琴一樣屬於家庭的一部份、一個單位，不再是獨立個體。在形式上，當談到海達她自己的表現時，泰斯曼也要打上他的記號，凌駕她之上，常像大人哄小孩[153]。但海達卻不認同，希望維持獨立、自主、自由。對週遭的都保持一定的距離，她規定以鈴聲召喚傭人，對於一大早就來訪的朱麗亞姑媽有反感。泰斯曼說出她睡眠狀態的隱私、強行要求看拖鞋，只因為是他的經驗和記憶，對他有價值和意義，所以海達克制不了的敵意，做出反擊，所謂帽子場景。也是本劇第一次真正的衝突，發軔點（point of attack）[154]：

海　　　達：我們絕對和這個傭人處不來，泰斯曼。
泰斯曼小姐：和波爾達處不來？
泰　斯　曼：嘿！親愛的，妳打那而來的念頭，呃？
海　　　達：（指著）你看，她把她的舊帽子隨便扔在椅子上。
泰　斯　曼：（愕然，拖鞋落在地板上）海達，妳——
海　　　達：想想，萬一有人走進來看見了——
泰　斯　曼：但是海達——那是朱麗姑媽的帽子。
海　　　達：真的？（129-130頁）

從第二幕海達與布拉克對話中得知她故意把它當成是傭人波爾達的東西（171頁）。是故此處為虛假和做戲，殘酷的一擊等於警告泰斯曼小姐，這座別墅並非她的家，客人與主人之間應有分際，禮儀就是畫分界線和保持距離。然而在海達假裝指責僕人亂扔舊帽子時，泰斯曼並未坦承是他放的帽子，只是幫助海達敷衍地稱讚了新帽子很漂亮，算是化解了尷尬的場面。接著泰斯曼又把焦點重新拉到海達的身上，要求朱麗亞姑媽臨走之前，再多看海達一眼，看看她多麼漂亮，泰斯曼小姐原本也只是禮貌性的回答——

泰　斯　曼：……但是您有沒有注意到她正處在什麼樣的巔峰狀態，旅行途中她愈來愈豐滿了呀！
海　　　達：（橫過房間）噢！你少多嘴。
泰斯曼小姐：（這時已停住腳步，轉過來）豐滿？

泰　斯　曼：當然現在她穿著那件衣服您不大看得出來，但是我看的見——

海　　　達：（在玻璃門，不耐煩地）噢！你什麼也看不見！

泰　斯　曼：一定是由於提洛爾的高山氣候——

海　　　達：（不耐煩打斷他的話）我仍是我，一成不變。

泰　斯　曼：妳還要抬槓，可是我確信妳和以前是不同了，你同意嗎？姑媽？（131頁）

或許泰斯曼不自覺地將海達物化為漂亮的珍品，嘖嘖稱讚，根本不管她怎麼想怎麼說，一旦納入夫妻的親密關係裏，他就成了權威、主宰。使得海達渴望自由、獨立受到的威脅，失去個體的自主性，甚至是自我的消失，有人稱此為親密威脅（intimisation）[155]。由於泰斯曼觀察到海達體態的變化，無意間洩露海達可能懷孕的訊息——

泰斯曼小姐：（袖著手一直盯著她）海達是漂亮！漂亮！漂亮！（走向她，雙手托住她的臉，擁向自己，在她髮上親吻著）願上第祝福並保佑海達泰斯曼——為了喬治的緣故（131頁）

在朱麗亞姑媽的認知上海達是懷孕了，才有這種儀式性舉動和語言。姪兒幼年失怙，由她扶養長大，身兼慈母嚴父，自然也就有代表泰斯曼家族的權力，重新肯定，建立她們之間的關係，從海達・蓋伯樂變成海達・泰斯曼，不但是泰斯曼的妻子，而且可能成為泰斯曼家族延續的母親，站在父權社會的觀點和意識形態才有為了喬治的緣故（for Gerorge's sake）。在此儀式中很自然的使得海達低頭，屈服在她的祝福之下。海達成為家庭的一員，或屬於泰斯曼家族，親密關係無從否定。儘管

海　　達：（柔和的掙脫出來）噢，放開我！

但是比起先前顯得多麼軟弱無力。換言之，通過戲中戲的場景，海達利用帽子事件幾近殘酷地攻擊泰斯曼小姐，企圖抗拒成為泰斯曼家族的一員。至少保有個人隱私，不要親密到沒有距離，爭取獨立自主的權利，可以自由選擇是否介入或捲進他人的世界。結果相反，急轉至更加不利的處境，如其懷孕更加強化了她與泰斯曼家族的關係。是故在泰斯曼送走姑媽的同時也看到海達在屋內來回踱步，時而高舉雙臂，時而握緊拳頭，似乎絕望衝動（131頁）。不但揭露全劇衝突之關鍵所在，同時也呈現海達人格之不同的面向，預示了海達有崩潰之可能。

海蘭德認為接近全劇結束，海達模仿的場景，係第二個戲中戲，更為突出，同時對於劇中的反諷和經驗問題之間可以看到更清楚的連接[156]。按此場戲之前，是海達受布拉克法官威脅談判有了結論：海達只有在接受布拉克的要脅做其情婦，任其予取予求，或者是捲入羅夫博各的命案裏，滿城風雨，醜聞上身。於是她橫過房間，走向書桌，臉上掛著不自

覺的微笑，她模仿泰斯曼腔調，學著他的口頭禪——

海　　達：怎麼樣？進行的不錯吧！喬治？呃？

泰 斯 曼：天知道，親愛的，至少得費好幾個月的功夫。

哈　　達：（繼續模仿）乖乖，（兩隻手在艾太太的頭髮上溫柔地撫弄著）妳有沒有一種異樣的感受，黛拉？此時此刻，妳和泰斯曼一燈相對，默默無語——不正像從前和哀勒特·羅夫博各在一起的樣子嗎？

艾 太 太：啊，但願我也能給妳先生同樣的靈感。

海　　達：噢，那是不成問題的——時間一久自然會帶來靈感。

泰 斯 曼：是啊，海達妳知道嗎——我已經有一點靈感，但是妳在去陪布拉克法官做一會兒好嗎？

海　　達：就沒有可以幫忙的地方嗎？

泰 斯 曼：沒有，妳幫不了忙的。（轉過頭來）我託你照顧海達了我親愛的法官。

布 拉 克：（瞥著海達）榮幸之至，高興之至！

海　　達：謝謝，但今晚我太累了，我想進去沙發上躺一會兒。（255-256頁）

海達之所以抗拒布拉克的要脅，不是愛不愛的問題，她曾對布拉克和羅夫博各否認過她愛泰斯曼，但也說過不會不忠的話（187頁）。在人物章節已分析過海達人格中的自戀性，根本不愛任何人，因此特質也很難忍受被控制，自尊受辱——

海　　達：必須對你百依百順，有求必應，一個奴隸，一個奴隸。（蠻橫地站起來）不，我不能忍受！絕不！（255頁）

而海達如果要面對捲入羅夫博各死亡有關的醜聞，就需要泰斯曼的支持。她不能這麼做除非她放棄疏離，毫無保留信賴泰斯曼[157]，接受其生活方式。諷刺也在泰斯曼完全不察海達的處境，不識布拉克的真面目，一個勁兒地把海達推給布拉克法官照顧、陪伴，他自己完全沈溺於重建羅夫博各的遺作。於是海達在順從或反抗布拉克的要脅與放棄獨立自主或完全托付給泰斯曼種種壓力與選擇下，採取依然維持距離，反諷的態度面對一切。在這場模仿的戲中戲裏頭可以見到海達從每種關係中脫身，無須防衛。但正如齊克果（Kierkegard）在反諷的概念中所云：「就反諷的主體而言，真實可以完全失去效力，現實對他是一種醜陋的形式，一種全然的妨害，但就另一方面來說，他也就不能擁有新的[158]。」因此，當海達藉著戲中戲置身事外，完全脫離了現實和她的處境，成了反諷的主體。不只是與布拉克的威脅保持距離，也可以不去嫉妒黛拉過去給羅夫博各靈感，變成一對伙伴，完成巨著。現在又可能幫助泰斯曼，重建遺稿。而海達燒掉孩子又復活，甚至她反而促成了一對伙伴，而她現在完全插不上手，全無用處。就連她不怎麼瞧得起的丈夫泰斯曼也漠視她的存在，彷彿她是多餘的。戲中戲使她得到完全的距離，但也切斷了經驗的聯繫，妨害她擁有新的、與未來的關係，預示了她的自殺和生命的終結。

假如把戲中戲定義放寬或者僅用漢肯遜前半段的說法，不涉及形上學或抽象理念，純就技術層面探討，界定戲中戲為讀者或觀眾可以立刻或回想起來，清楚知道人物是分裂的，看起來他們是在表演，於是在此部份有可能表演兩次。往往創造了比真憑實據更有利的印象，也常常造成結構或動作的急轉。當然不能單獨看待，必須納入整個過程來分析討論，這些場景在海達・蓋伯樂劇中都是必要的場景。

首先要討論的是海達所進行的一石二鳥之計（two birds with one stone）[159]相關的場景：

茲有艾太太求助的場景（134-150頁），她擔心羅夫博各身懷一大筆錢來到城裏，會受不了各種誘惑，再度墮落沉淪（137-138頁）。因此，登門來求助於泰斯曼，希望在羅夫博各造訪時，能夠善待他。而海達本對艾太太，所謂茉馨小姐本無好感（原因已於人物章節中討論，無須多贅），只因其與羅夫博各住得很近，揣測兩人可能有某種特殊關係，轉而十分熱情地接待她。事實上海達冷漠、刻意與人保持距離，儘量不介入他人世界的態度來說是反常的。就因為海達另有居心，懷著鬼胎，所以表現出來的親切，套近關係的言行舉止都在做戲、虛假的。她急於知道艾太太與羅夫博各的關係，要泰斯曼寫信主動邀請羅夫博各來做客，而非等待他來訪（140頁）。海達為了探聽艾太太的隱私，先要拉近距離，先從稱謂上改變：

海　　達：……聽我說，在學校的時候，我們一向以“妳”字彼此稱呼，而且直呼對方的名字——

艾 太 太：不，您一定記錯了。

海　　達：不，絕不會錯，我記得清清楚楚。現在就我們恢復往日的情誼。（她把凳子向艾太太拉近了些）來。（吻在她面頰上）妳要對我說“妳”，而且叫我「海達」。

艾 太 太：（握住她的手，溫柔地撫弄著）噢！您多仁慈，多善良！我幾時享受過這麼多的關懷？

海　　達：又來了，又來了。今後我也要以「妳」稱呼妳，並且叫妳「親愛的陶拉」。

艾 太 太：我的名字叫「黛拉」。

海　　達：啊，當然，我是說黛拉。（頁142-143）

儘管當局者艾太太會被海達的態度所迷惑，但讀者或觀眾從前後的字裏行間和其潛台詞能清楚知道海達的虛情假意，惺惺做態。當海達得知艾太太與丈夫毫無感情，艾太太甚至指責她丈夫除了自己之外，對誰都不關心時，還故意說艾爾富斯德警長對羅夫博各很不錯，要不然——

海　　　達：哎呀！妳不想想，親愛的，他捨得派妳從大老遠的地方，一直追到這裏（嘴角掛著不易察覺的笑意），而且妳剛剛自己也這樣說的啊！當著泰斯曼的面（145-146頁）。

顯然海達敏銳地抓住艾太太的前後矛盾，破綻之處，逼她現形，果然艾太太坦白招認她私自離家出走，來找羅夫博各，甚至表示永不回家（146-147）。接著繼續刺探，想知道兩人感情究竟如何？怎麼開始的？進展的情形？有什麼問題？當她聽到艾太太說羅夫博各受她的感化戒掉了過去的種種不良嗜好——

海　　　達：（藏起一股不自願的輕蔑的笑意）這麼說妳使他重新做人了呀？我的小黛拉。

海達此處的笑容戳破她的假面具，露出隱匿的人格特質，造成了幻覺的裂隙。在艾太太談到羅夫博各所寫的書，每一頁都經過她幫忙完成的，海達稱他們為並肩作戰的伙伴時

艾　太　太：（熱切地）伙伴！可真巧，海達！這正是他用的字眼！（148頁）

這個字同樣出現在海達與羅夫博各口中，可能並非艾太

太所謂的巧合，立即引發讀者和觀眾的疑竇，究竟海達與羅夫博各間存有何種情愫？帶來懸疑，緊接著艾太太說她和羅夫博各之間有另一個女人的影子——

海　　達：（焦灼的注視著她）那會是誰？
艾 太 太：我不知道。……一個他始終忘不掉的女人。
艾 太 太：他只有一次——含含糊糊，提到了一點。
海　　達：噢！他怎麼說？
艾 太 太：他說他們要分手的時候，她威脅著要用手槍打死他。
海　　達：（冷靜鎮定的）噢！無聊！天下那有這種人！（149頁）

海達雖很技巧地順勢推到紅髮歌女的身上，但讀者或觀眾會很輕易地從舞台指示和潛台詞中，察覺到海達與羅夫博各之間有不少的牽連，但要到第二幕的另外一場戲中戲裏才得到延續和發展。

從其舞台指示：

（泰斯曼和布拉克走進內室，坐下來，喝酒、抽煙，在接下來的場景裏熱烈的談論著，哀勒特・羅夫博各仍留在火爐邊，海達走向書桌）

海　　達：（稍為提高聲音）要不要欣賞一些照片，羅夫博各先生？你知道，泰斯曼和我回來的路上到提洛爾遊歷了一陣子。

（拿起一本照相簿放在沙發旁的一張桌子上。她自己也在沙發的角落坐下，哀勒特・羅夫博各走了過去，停住腳步，凝視著她，然後搬了張椅子，在她左邊坐下來，他背對著內室）（148頁）

顯然易卜生的場面調度或預定的演出方式是把主戲放在下舞台或前舞台，亦即是客廳的空間部份，以海達和羅夫博各為主，偶而泰斯曼進來打岔。內室（inner room）之空間即上舞台或內舞台為泰斯曼和布拉克喝酒、抽煙、高談闊論，但再怎麼熱烈，只見其肢體動作，聽不到講什麼。海達高聲談論其蜜月旅行所拍攝的照片內容，有時還刻意要泰斯曼解答一些問題，維持互動，便於控制表面文章的進行。實際上是用它來掩飾其輕聲細語（whisper）的內容[160]。羅夫博各不解海達為何做賤自己嫁給泰斯曼，三年前海達為什麼用槍逼迫他分手，他和她之間的友誼、伙伴關係的本質是什麼？難道就沒有一絲一豪的愛情？而他們過去種種親暱情感一直不為人所知，現在也仍然不希望揭穿。是故高聲談話和低聲細語的內容，就像一個人表裏不一，分裂成兩個面向，演給內室裏的泰斯曼和布拉克看的。他們兩位觀眾反應不一，泰斯曼不疑有他，殷勤招呼羅夫博各，而「布拉克法官坐在內室，不時向海達和羅夫博各這邊瞟一眼（186頁）。」海達也於下一場警告艾太太「別衝動行不行，那個邪惡的法官正坐在那裏注意妳呢！」（197頁）極可能海達已經察覺到布拉克的動靜，換言之，就像演員與觀眾為一個雙向交流的傳播模式[161]，戲中戲亦然。當海達與羅夫博各低聲爭辯（Agon）後取得諒解，彷彿又重建其伙伴，同志的關係。當艾太太進場後，海達在沙發上，向她張開手臂以十分誇大、虛假的姿勢動作歡迎她，艾太太邊走，邊向內室的紳士們微微頷首打招呼，然後走到桌子邊伸手給海達。羅夫博各連忙站起身來，對艾太太默默地點頭為禮。當艾太太搬一張椅子，想坐到羅夫博各身邊時，海達卻叫她坐在沙發右邊，變成海達居中，羅夫博各和艾太太在其左右，有意無意的間隔開他們。因主戲和焦點在他們三人身上，所以場面調度與前場相同。接著羅夫博各開始坦承並肯定其與艾太太的關係——

羅夫博各：……我們是真正的紅塵知己，因為彼此有絕對的信任，我們對坐深談時，能字字出自肺腑。

海　　達：用不著轉彎抹角是吧？羅夫博各先生？

羅夫博各：嗯——

艾 太 太：（溫柔地依偎著海達）噢！我真高興，海達，因為妳想，他說是給了他鼓勵。

海　　達：（微笑瞅著她）啊，他真的那樣說嗎？親愛的？

羅夫博各：她是勇敢的，泰斯曼太太！

艾　太　太：老天爺，我還勇敢？

羅夫博各：勇敢極了，當妳需要夥伴的時候。

海　　　達：啊！是的，勇氣！要是一個人能鼓得起勇氣！

羅夫博各：怎麼樣？妳的意思——？

海　　　達：生活就不會那麼可悲了，（突然間改變語氣）可是，我親愛的小黛拉，妳應該喝一杯水果酒提神的。（194頁）

當艾太太和羅夫博各都拒絕喝酒時，海達就指控為沒有安全感和自信心，如果自己都沒有，也難怪別人會懷疑，會不信任。在羅夫博各表示不在意布拉克和泰斯曼怎麼想，只要有兩位紅顏知己的信任與了解就可以了。不料——

海　　　達：（微微泛起笑意，讚許地朝羅夫博各點著頭）堅若磐石！堅持原則！噢！不愧為男子漢！（轉向艾太太，撫弄著她）怎麼樣，我說得沒錯吧！早上虧得妳那樣氣急敗壞的跑來。

羅夫博各：（驚訝地）氣急敗壞！

艾　太　太：（驚慌失措）海達——噢！海達——

………………

羅夫博各：原來她氣急敗壞！她緊張！她不信任我！

艾　太　太：（溫柔地無限哀怨地）噢！海達！妳把這一切全都毀了！

羅夫博各：（目不轉睛地盯著她，臉孔抽搐著，半晌才說）這就是我的紅顏知己對我的信任。（197頁）

接著他便端酒杯向黛拉敬酒，破戒了。

艾 太 太：（柔弱地）噢！海達，妳怎麼能這麼做？
海 達：我做的？我？妳瘋了嗎？（198頁）

此處，海達仍裝作與她無關，畢竟她只是說出一個事實真相，但轉頭就蠱惑羅夫博各去參加狂歡派對。而羅夫博各為了證明自己是堅強勇敢的而去參加——

羅夫博各：……親愛的伙伴，妳看着好了，妳，還有其他所有的人——雖然我曾一度倒下過——現在我又站起來了！（199頁）

但如易卜生說的羅夫博各讓人絕望的是他想要掌握全世界卻掌握不了自己[162]。狂歡派對中，丟了手稿，崩潰了。此一轉捩點或急轉，就從艾太太上門求助泰斯曼開始，她原來只是擔心羅夫博各受不了外界的誘惑而墮落，但海達主動地要扮演幫助的角色。一場場戲演下來，其他的人都走入她佈的局中了一石二鳥之計，演了一個角色而不自知。當艾太太有些懷疑，警覺卻來不及補救，回頭了——

艾 太 太：妳心裏一定另有動機，海達！
海　　達：對！妳說對了，我希望一生當中至少有一次，能有力量去決定一個人的命運。（202頁）

也如易卜生筆記所云：「海達的邪惡成分，就在於她想要發揮對別人的影響[163]」。猶有甚者，她想要影響不但是負面的，而且是毀滅性的，就像計成之後，緊緊地、瘋狂地抱住艾太太說：「我真想放一把火燒掉妳的頭髮。」（202頁）那才叫做可怕呢！？

第三個戲中戲起因於羅夫博各在狂歡宴會後遺失了手稿，但為泰斯曼拾獲，沒有立即還他，是見其醉得厲害，暫為保管（211-212頁）。海達在確定沒有人知道，羅夫博各的手稿在泰斯曼手中的情況下：

海　　達：（伸手奪那紙包）不——不要還他，我是說——不要急著還他，讓我先讀一讀。
泰 斯 曼：不，我親愛的海達，這萬萬使不得，絕對使不得。（212頁）

後因蕾娜姑媽噩耗，使得泰斯曼心神大亂，讓海達有機可趁，從凳子上一把將紙包抓在手裏——

泰 斯 曼：對了，快給我！

海　　達：不，不，我先收起來等你回來再說。（214頁）

當羅夫博各懷著自瀆自虐的心境，回到泰斯曼的家來接艾太太。一見面就說都太晚，一切都完了，海達本來要迴避一下，但羅夫博各懇求她留下，當著海達的面，提出要與艾太太分手，並勸伊試著回到丈夫身邊——

艾 太 太：（衝動地大聲抗議）這一輩子休想！你到那裡，我就到那裡！我不能呼之即來，揮之即去，我要呆在這裏，當這部書問世的時候我要和你在一起。（224頁）

………………

羅夫博各：黛拉——我們的書永遠不會問世了。

海　　達：啊！

艾 太 太：永遠不會問世！

羅夫博各：永遠無法問世了。

艾 太 太：（心碎腸裂，有了不祥的預感）羅夫博各——你把稿子怎麼了？

海　　達：（焦急地瞅著他）是啊！稿子呢？

艾 太 太：哪裏去了？

羅夫博各：噢，黛拉不要問我！

艾 太 太：要，要，我要知道。我要立刻知道。

羅夫博各：稿子——好罷，告訴你，稿子已經被我撕成了千萬張碎片。

艾 太 太：（尖叫）噢！不！不——

海 達：（不由自主）但那不是——

羅夫博各：（注意地）不是真的，妳是說？

海 達：（力持鎮靜）噢！不，當然了，既然你這麼說，只是聽起來叫人難以置信。

羅夫博各：事實如此，千真萬確。（225-226頁）

讀者或觀眾與海達一樣，明知道稿子是羅夫博各不慎遺失的，現正在海達手中。先是關切羅夫博各做什麼反應？當他提出要和艾太太分手，海達雖表示早就料到，但讀者會和艾太太相同的反應為什麼？同時也想知道艾太太的決定？帶來了懸疑和緊張。當艾太太堅決不肯時，羅夫博各表示他們的書永遠無法問世了，原因是他把稿子給撕了。就連海達也不明白，製造了新的懸疑和變化？導致艾太太激憤地離去。海達在這場戲中，先是被羅夫博各懇請留下的觀眾或見證，進而海達不祇是關切其發展，也扮演了一個角色。她只要交還稿子給羅夫博各，就足以改變他們的命運。給或不給，是其選擇，出自人物性格之必然[164]，創造了足夠的懸疑與張力。

羅夫博各為何說謊？目的何在？他會不會對海達說？這一連串的懸疑使得再說手稿一事，有其必要。他的解釋足以引人入勝：

羅夫博各：對妳我可以說實話，海達。

海 達：實話？

羅夫博各：妳要先向我保證——妳要發誓，我現在告訴妳的話決不讓黛拉知道。

海　　達：我保證。

羅夫博各：很好。那麼我告訴妳，剛才我說的話都是假的。

海　　達：關於稿子？

羅夫博各：是的。我並沒有撕成粉碎——也沒有丟進海灣裏。

海　　達：是的，是！但是，稿子那裡去了呢？

………………

羅夫博各：黛拉剛才說我的所作所為等於謀殺了親生兒子。

海　　達：是的，她是這麼說。

羅夫博各：但是，手刃親子——對一個做父親的來說，還不是他所能做的最壞的事。

海　　達：不是最壞的？

羅夫博各：不是。我不忍心叫黛拉聽見最壞的。

海　　達：什麼才是最壞的？

羅夫博各：海達，假如現在，有一個男人——他在一夜的縱慾和狂歡以後，凌晨才回到他兒子的母親身邊，告訴她：「妳聽著！——我到過這裏，那裏——我去過這個地方和那個地方，我帶著孩子一起到這兒到那兒——我把孩子丟了——不知怎麼丟的，反正

就是丟了，鬼才知道落到誰手裏，遭了誰的毒手。」（227-229頁）

羅夫博各對海達說了一個早已知道的客觀事實，他沒有撕掉而是弄丟了稿子，同時又告訴海達一個她所不知道的主觀，內在的真相，他自認為遺棄比殺死一個小孩更殘忍，更不可原諒。當然這個論述相當弔詭（paradox）可能與易卜生自己的經驗和感受有關，前已論及，在此不贅。相形之下海達卻隱瞞真相，裝作不知，全然帶上了一副假面具，既藏起了稿子——客觀的事實，也未洩露其內心毀滅性的衝動——主觀的真相。當海達問羅夫博各現在打算走那條路——

羅夫博各：一條路都不走。我只想一了百了——越快越好。

海　　達：（向他跨近一步）哀勒特・羅夫博各——聽我說。你願不願意——做的漂漂亮亮的？（229頁）

海達走到書桌前，拉開抽屜，打開槍套，抽出一把手槍，又走回羅夫博各身邊——

羅夫博各：（望著她）這個？這個就是妳的紀念品？

海　　達：（緩緩點著頭）你應該認得出這東西吧？有一回它曾經對著你的太陽穴瞄準過。

羅夫博各：那時妳應該扣板機的。

海　　達：拿去——現在你自己隨時可以扣板機。

羅夫博各：（把手槍塞進貼胸的衣袋裏）謝謝！

海　　達：做的漂漂亮亮的，哀勒特·羅夫博各，向我保證。（230頁）

海達在門邊傾聽，確定羅夫博各已走，就取出手稿，一張張丟進火爐燒掉它。

羅夫博各對海達說了實話，包括主客觀的真實。甚至表示要自殺，非但沒有打動海達，激起她的同情和憐憫，改變決定交回稿子。反而送手槍給他，鼓勵他要死的漂漂亮亮、轟轟烈烈。帶來戲劇動作和情節角度的急轉，燒掉了手稿造成更大的破壞和平衡的改變，把情緒推向一個新的高峰，震撼人心。

第四個戲中戲為第四幕的羅夫博各惡耗之真相：首先艾太太在其寄宿之處驚聞羅夫博各遭到不測的傳言，到泰斯曼家訴說其緊張、憂慮和徬徨。關於羅夫博各是否遭遇不測一節，一是延續第三幕的急轉而來，亦即是在他對海達表示輕生之念時，海達送槍給他自殺。他真的會聽去做嗎？留下了懸疑，現在的傳言似乎增大這種可能性，預示了危機，接著由布拉克法官登場，證實惡耗。惟其前後說法不一：

布 拉 克：（聳一聳肩）唉，我很遺憾地告訴你們，哀勒特·羅夫博各已經被抬進了醫院。他快死了。

在場的人聽到惡耗反應全不相同——

艾 太 太：（尖叫）噢！上帝，噢！上帝！

泰 斯 曼：抬到了醫院！快死了。

海　 達：（情不自禁）這麼快——

………………

艾 太 太：到底發生了什麼事？到底是為了什麼？

泰 斯 曼：你不會說是他自己——呃？

海　 達：是，我知道一定是。

泰 斯 曼：海達，妳怎麼會知道——

布 拉 克：（眼睛盯著她）很不幸妳猜得一點不錯，泰斯曼太太。

艾 太 太：噢！好恐怖！

泰 斯 曼：真的是他自己動手的！莫名其妙！

海　 達：自己開槍打的。

布 拉 克：妳又猜對了，泰斯曼太太。

艾 太 太：（竭力控制自己）什麼時候發生，布拉克先生？

布 拉 克：今天下午，三到四點的時候。

泰 斯 曼：老天爺，他在什麼地方下的手，呃？

布 拉 克：（有些猶疑）什麼地方，嗯，也許在他住的地方吧。

艾 太 太：那不會，因為六到七點之間我到過那兒。

布 拉 克：噢，那麼，就在別的地方，我也不太清

楚，我只知道人家發現他的時候——他開
槍打了自己——一彈穿胸。

艾 太 太：噢，多可怕，他死的真慘！

海　　達：（向布拉克）是打進胸部？

布 拉 克：是，就像我剛才說的。

海　　達：不是打在太陽穴？

布 拉 克：是從胸部，泰斯曼太太。

海　　達：好、好，胸膛也是好地方。

布 拉 克：妳說什麼，泰斯曼太太？

海　　達：（迴避地）噢，沒什麼！沒什麼。（242-244頁）

在此布拉克法官一則扮演了信差（messenger）式的功能性的角色，就像古典戲劇中的信差[165]上場敘述舞台外所發生的事情，他證實了艾太太的疑慮。把懸疑推向危機，帶來更強烈的情緒反應，但布拉克又不只是一個單純的信差角色，由於羅夫博各的遭遇他沒有涉入，可以保持距離冷眼旁觀。甚或是其法官的專業訓練使然，能夠客觀理性的察看海達，艾太太，泰斯曼是否涉嫌。是故他一面敘述，一面注意每個人的反應。當他察覺海達異常的言行舉止，就盯住她。果然海達洩露出知道羅夫博各可能會自殺，並且是用手槍。反倒是艾太太茫然無知，還到羅夫博各的住處去找。當艾太太與泰斯曼決心化悲傷惟力量，同心合力拼湊羅夫博各的遺稿，兩人走進內室，在吊燈底下就坐，立即展開工作。海達橫過客廳，來到火爐旁，坐在安樂椅裏。布拉克跟過去，對海達說出羅夫博各死亡的真相。當然也是第二次敘述，即令不算耳語，卻也不讓內室聽得見的程度。當海達還沉醉在羅夫博各活著的時候有勇氣選擇自己的生活方式，不想活的時候，有堅強的意志和力量提早離開生命的盛宴。布拉克說出真相來戳破她的幻覺——

布 拉 克：無論如何妳這個幻覺是無法持久的。

海　　達：你的意思是什麼？

布 拉 克：哀勒特・羅夫博各的死並不是自願的。

海　　達：不是自願？

布 拉 克：事實經過並不完全如我所描述的那樣單純。

海　　達：（屏住呼吸）你隱瞞了什麼？到底是什麼？

布 拉 克：為了艾太太的緣故，我把事實真相理想化了。

海　　達：事實真相怎麼樣？

布 拉 克：第一他早已死了。

海　　達：死在醫院裏。

布 拉 克：是的——昏迷不醒，一直到斷氣。

海　　達：你還隱瞞了什麼？

布 拉 克：還有這件事並不是在他住的地方發生的。

海　　達：噢！那有什麼兩樣？

布 拉 克：也許就有兩樣。因為我必須告訴妳——哀勒特・羅夫博各的屍體，是在黛安娜香閨被發現的。

海　　達：（身子一震，似乎想站起來，但終於忍住，又沉入安樂椅裏）決不可能，布拉克法官，他今天不可能又去了那裏。

布 拉 克：他今天下午的的確確去了那裏。

甚至連中槍的部位，都不同於第一次的說法——

布 拉 克：……從他身上搜出一把發射過的手槍。一顆子彈打重要害。

海　　達：是的，在胸口上。

布 拉 克：不，在肚子上，腸子都流出來。

海　　達：（帶著想要嘔吐的表情抬頭看著他）竟然又如此！噢，我到底觸犯了什麼天條，為什麼凡是我手碰過的東西，立刻變得滑稽、可笑、而又庸俗？（248-250頁）

換言之，惡耗的真相是羅夫博各到安娜小姐的香閨去找其遺失的手稿。意外地一槍打中肚子，破腸而死，推翻了第一次的說法。姑且不論他說謊的原因是什麼？為了艾太太的緣故，把事實真相理想化究竟是不是表面文章？有沒有潛藏的動機或原因？惟前面說的是假話，是表演，是做戲給人家看的，殆無可疑。同時，布拉克於第一次的惡耗敘述中，讓海達洩露了內心的秘密，人格異常，戀屍症傾向的言行舉止，震攝了在場的其他人。固然布拉克第二次敘述戳破了海達的幻覺，造成海達企圖決定羅夫博各命運的努力，徹底失敗，非常沮喪。同時也使得前面說法所帶來的真實感，戲中戲的幻覺露出裂隙，就連布拉克自己的假面具也撕破，顯現他底猙獰臉孔。藉著羅夫博各死亡的凶器是海達的手槍一節，抓住海達的把柄，逼迫為其情婦，布拉克也在此情境中扮演了一個角色，其人格中的虐待傾向也清楚的為讀者或觀眾認知。這一場戲中戲極為關鍵，使得海達的命運或處境，從自認為影響了羅夫博各的抉擇，陶醉在勝利的幻覺裏轉變為察覺自己的挫敗，失望不已。就整個戲劇動作而言，也是一次急轉，艾太太和泰斯曼在得知羅夫博各將不久於人世，化悲憤為力量，決定重建遺稿。而海達被布拉克抓住把柄，由想操控別人變成被人控制，僅剩下要不要屈服而已。接下來的最後一個戲中戲則為此場戲的延續，同時也讓海達發現了其處境和人生的了悟，前曾論述，無庸多贅。

三、從高潮看統一

高潮一詞不但是戲劇理論與批評中慣用的術語，就連日常生活也常用它。從而多義，曖昧、含混不明，想要釐清，並不容易。在此僅提出一個操作性的定義，作為討論的起點與範圍，並避免一些不必要的爭議。大體上高潮係指情緒的最高處，在嚴肅的戲劇裏，乃是最緊張的一刻，於喜劇則是最可笑，最令人愉快的時光；就情節而言，高潮是衝突決定性的關鍵或最大的危機；它是一部戲劇發展的目的地，故作者所要表達的意義以此一階段最清楚明白；是故一部戲劇有也只是有一個高潮，之前為準備階段上升、加溫，之後惟衰退期，下降，冷卻[166]。

布拉克（B.H Clark）曾指出：「在海達・蓋伯樂劇中，高潮則是海達燒掉羅夫博各的手稿，它是易卜生所處理的海達一生中所有的事件（包括在戲中表現的和開幕前已經發生過的）最高點，或稱危機，從這一點往後，我們就只看見後果，動作就不再上升到如此的高度。海達之死的本身只是以前經過的一切事件的必然後果而已，在第一幕和後來的各幕中，死亡的陰影就一直在隱現者[167]。」勞遜（John Howard Lawson）反駁道：「海達・蓋伯樂的整個動作，從幕一拉開就是“以前經過的一切事件的必然後果”？是否緊張就真的鬆弛了？是否從第四幕起我們就真的只看見後果呢？在第四幕裏，布拉克法官帶來了羅夫博各的死訊，和自殺用的手槍屬於海達的這條線索，難道這些事件也都是燒掉手稿後的結果嗎？不。在燒手稿之前，海達已經在這件事上欺騙過羅夫博各了，並且已給了他手槍，叫他去自殺。這是必須場面，動作一開始就不可抗拒地推向海達和羅夫博各之間的公開衝突，但海達顯然更強有力，她在爭鬥中占了上風，這使得她的意志更為堅強，並且擴大了動作的前景。燒手稿是一個新的決定性動作，只是高潮圈的開始，而不是結束，在最後一幕中，海達處在一種新的，感到壓力更為巨大的情況中，並不是由於她逼死了羅夫博各而毀滅了她自己，而是她落入一個無法逃脫了羅網，她沒有力量挽救自己，因為她有內心的衝突。在第四幕中她表白了這一點“啊是什麼東西在搞鬼，才使我接觸到的每樣東西都變成可笑和卑賤的呢？”她在這裏處於一種比焚稿時更為沉重，可怕的神經壓力下，否則，假如焚稿和逼死羅夫博各是動作的頂點時，全劇將以悔恨為重點。但易卜生從未提過這類的情緒，在海達的行為也找不出絲毫後悔的痕跡。[168]」誠然海達・蓋伯樂有其外在和內在不同形式的衝突，事實上任何的衝突，所產生的動力因子和能量，都會影響戲劇動作的方向、形狀、效果和意義，決定了最終的目地——高潮。然而衝突又出自意志，它是自覺地向某一個目標追求，其間遭遇阻礙，由於劇中人物的堅持產生衝突。還是不自覺地陷入困境，被迫反應掙扎，直到明白真正的阻礙是什麼，它才停止[169]。首先探討海達追求什麼？亦即是她底自覺意志活動的目標為何？阻礙又是什麼？易卜生在其札記中說：「海達絕望的是在這個世界上，無疑地有許多幸福的機會，但是她卻不能發現，使她苦惱的是其生活中欠缺一個目標。[170]」同時在第二幕中海達與布拉克她對目前生活十分厭倦，簡直活不下去，而且也找不到任何她有興趣的終身事業（173頁）。她想過著有閒階級奢侈的生活不可得（158-159頁），要泰斯曼擠進政壇也不可能（174頁）。根本的原因是沒錢，她未從父親那裏繼承什麼遺產。泰斯曼為了海達買下福克別墅做新居，早已負債纍纍（124-125頁）。

海達結了婚卻不願認同泰斯曼的家人，不希望朱麗亞姑媽介入其生活領域，而有帽子事件的衝突，拒絕親密的稱謂和肢體語言（131-133頁），不要看泰斯曼的舊拖鞋，分享其親情記憶（129頁）。即令是影響家庭生計之教授聘任的問題，她仍抱持著隔山觀虎鬥，從現實中疏離，不介入的態度，以維持其獨立自主，自由的可能性。惟此種種細小的危機或壓力，使得海達被迫做出反應，形成人際之間的衝突，摩擦、或關係的調整而已。所帶來的緊張，懸疑情緒，並不強烈，充其量也只是維持讀者或觀眾的注意力罷了。

如果海達只是在其生活中欠缺一個目標，茫茫然，渾渾噩噩地活著，芳華虛度一無所成，苦悶厭倦而已。甚至抗拒一切她所不願接受的事，偶而發生小摩擦問題並不大。海達真正的阻礙與衝突，在其自身，她的陽性特質厭惡為人母，即令尚未懷孕，將來仍有可能，對她形成煩惱與痛苦。猶有甚者是她的自戀、亂倫、戀屍症傾向共同形成之衰滅併合症狀（syndrome of decay）。常突如其來地控制了她，所作所為連她自己都感到震驚，就像帽子事件她對布拉克道出的狀況（171頁）。換言之，阻礙是內在的，甚至是不自覺的衝突，是意識／潛意識，本我／超我，生長併合狀／衰滅併合症狀[171]。種種矛盾的心理狀態對立，令她痛苦莫名。當她自己一人獨處時，常常焦慮不安地來回走著[172]。時而高舉雙臂，時而握緊拳頭，似乎絕望而衝動（131頁）。同時，也是基於海達這種人格特質促使她進行“一石二鳥”的計畫。破壞了羅夫博各與艾太太之間的夥伴關係，鼓勵羅夫博各參加狂歡派對，打敗艾太太對羅夫博各正面的影響（完成兩本著作和不再縱慾）。暗藏遺失的稿件，送槍給羅夫博各鼓勵其自殺，再焚燒手稿。凡此種種海達與他人間的衝突，當屬外在的衝突，從焚稿開始是衝突的決定性關鍵。布拉克的噩耗報導，戲中戲的場景，把海達從羅夫博各代她完成偉大的壯舉的歡慶中，急轉或徹底的挫敗，落入布拉克的陷阱，面對醜聞上門還是與其暗通款曲，無法脫困。眼見艾太太與泰斯曼為重建羅夫博各的手稿，結成夥伴，而她自己完全被拒斥在外。最後戲中戲，是海達發現自身無可挽救的挫敗，絕望而發的反諷。當她進入內室，拉上門簾，與人無涉，高潮結束。靜默後所彈奏的瘋狂舞曲，可視為其內心世界，在經歷劇烈衝突，所產生的情緒效果，累積的巨大能量，需要宣洩，釋放，所以像爆炸一樣傳出巨響。

按照亞里斯多德對統一的界定：「一個人的一生遭遇無窮的事件，有無數個動作，實不能約減為一個統一體。而詩之故事模擬一個動作，則必須表現一個完全和整體動作，其間的一些事件係緊密關聯著，任何一事如改變或取消，則整個支離與脫節，如一件事之有無，不能使人察覺出有任何不同，實不能夠成整體的一部份。[173]」而戲劇的高潮在通過一次平衡狀態的變化——它創造出力量間新的平衡——解決了衝突，促使事件變得具有不可避免的必然性。高潮是考驗結構中每一個元素的試金石，統一性的力量[174]。如自此觀點檢驗，前所分析之第一個戲中戲，帽子場景中海達與朱麗亞姑媽，喬治泰斯曼之間所發生的衝突、摩擦、人際關係的調整，細小的危機或海達的被迫反應，不具延續性，對高潮的形成並無多大的影響。甚至像第一幕尾布拉克宣布泰斯曼要與羅夫博各進行一場學術上的競賽，勝者才能獲聘為教授一節（156-157頁）立即帶給泰斯曼經濟上的威脅，產生了可能的衝突，製造了懸疑與緊張。但至第二幕羅夫博各卻主動放棄競爭教授職位，只求精神上的勝利（183頁），讓泰斯曼向被雷打中似的震攝與狂喜。剎那間高下立判，勝負已決。真的羅夫博各不屑做泰斯曼道上的絆腳石，不再形成阻礙和衝突。對高潮的進展不具關鍵性，最多為戲劇動作添加了一個曲折與變化而已。而戲劇動作主要建立在海達的一石二鳥計畫，海達企圖破壞羅夫博各和艾太太的夥伴關係，進而達到操控羅夫博各的命運，在經歷一次又一次的戲中戲，造成情節發展上的一再急轉，邁向高潮階段——自焚稿始至彈琴終。其動作是連續的，並出自人物性格特質，產生內在和外在的衝突，場次和情節依循著蓋然或必然的因果關聯推進，構成有機的統一。

亞里斯多德說「詩人與其採取一種令人難以相信之可能，毋寧採取一種可能之不可能，故事永不可採取無蓋然性之事件；而且完全不可能滲入這種東西。即使這種無蓋然性之事件係屬不可避免，也必須置於篇章之外[175]。」換言之，亞氏主張劇作者在編寫劇本時應遵循邏輯的法則而非現實生活的可能性。因此，戲劇可以在假設條件下構成秩序，任何事件之安排應符合蓋然或必然的因果關聯性，意外，偶然或巧合的事件，至少要屏除在舞台之外[176]。海達．蓋伯樂劇中之羅夫博各竟然在酒醉時，將其視為子女的稿件遺失，又被泰斯曼拾獲，當屬偶然或機運（chance）。泰斯曼沒有立即交還給羅夫博各，是唯恐其再丟失，決定代為保管乃泰斯曼性格使然（211-212頁）。但遺失手稿一節易卜生將其置於舞台外，而由泰斯曼對海達說出來。惟手稿落入海達手中，半由海達另有居心，泰斯曼可欺以方，半由蕾娜姑媽病危的訊息，讓泰斯曼心緒大亂，以致海達有機可趁，兩人性格因素，固屬必然，而蕾娜病危則是意外，偶然介入此事[177]。羅夫博各手稿一節，為本劇關鍵，尤其決定羅夫博各一生命運禍福，若非如此，整個戲劇不同。

還有，羅夫博各之死也發生在舞台之外，假如都以戲中戲第二次說法為真[178]。顯然羅夫博各是到黛安娜香閨去找其遺失的稿件，發生爭執。是槍走火或其他原因，但不是自殺而死。所以中槍的部位，是腹部而非胸部或頭部太陽穴[179]。固然意外或自殺身亡，都是死，但其意義不同。尤其對海達來說全然不同，如果羅夫博各自殺，是她蠱惑的，代她完成壯舉，是其自由意志的表現，而且也代表海達決定了她底命運。反之，則無特殊意義。至少不是海達所想像，寄望賦予的意義。至於為何偏偏是布拉克得知事實經過，如果換成別人，就沒有手槍此一把柄落入其手，海達是否就沒有走入死胡同之虞呢？表面看去，似屬機運問題，然而布拉克法官具有強烈地偷窺和虐待傾向，前已論證，在此不贅。他之所以得知一切細節，實出於其性格之必然。故從技術面分析，易卜生對於意外，偶然或機緣的處理方式完全符合亞氏所主張的原則，為此原則的實踐者。

四、結局

泰南特（P.F.D Tennant）指出易卜生開始寫作時，很自然地採取其當代舞台傳統的和解的結束方式。直到傀儡家庭（A Doll's house）才建立了他自己的技巧和典範[180]。其次，在易卜生不妥協的悲劇結局中又以浪漫的命運悲劇最重要。此間命運的概念是建立在邏輯的幻覺基礎上，與機運和情境的戲劇形成強烈的對比。惟將其混合了後者的元素造成巧合則更令人信服，會認為其出現是受看不到的命運之手的操控。當然命運的悲劇也算得上是希臘意念的復活，只是原本奠基於宗教信仰的部份，為感官的激情和迷信所替代。典型的浪漫自居者他們喜歡見到神聖和超自然介入人事。這個概念是以漏洞邏輯為基礎，試圖用一連串的因果關係與一系列的巧合相聯接。造成事實的呈現不像意外的結局。這種漏洞的邏輯，以其罪惡必定會受到懲罰的概念獲得新教徒道德良知上的認同。事實上，這也是易卜生所有悲劇的簡單道德基礎[181]。在易卜生的劇本中以整個家庭為背景，又傾向於命運悲劇主題者，就純粹表現父母／子女，兄弟／姊妹之間的血親衝突，而且牽涉到不法、亂倫等情事，有類於希臘。像群鬼、羅仕美莊（Rosmersholm）和小約夫（Little Eyolf）等。野鴨（Wild Duck）和海達・蓋伯樂都保留了傳統的致命物件（fatal object）[182]手槍。自殺身亡又是易卜生命運悲劇結局的主要形式。亞契爾（William Archer）曾計算過易卜生十三個現代劇，發現除了五個例外，都免不了有人死亡[183]。

並認為自殺的原因常富有戲劇性，頗為符合劇作者的創造意圖。但另一方面由於它是一種魯莽，缺乏理智離開紛亂人世的方法，一個有良知良能的劇作家，一定只是在它的藝術良心的驅使下才會採用它[184]。亞契爾對海達・蓋伯樂的自殺提出非常有趣的評論「她是生來就命定要自殺的，她是個缺少活力、極端自私，特別敏感的女人，她的處境使她除了厭倦與屈辱以外，不可能生活還有其他希望。[185]」如果人類有死亡的本能，自毀的衝動，則每一個成員都有可能自殺，而非某一個人之特殊稟賦導致之結果，這種宿命的主張，非常不科學，也不易使人信服。其次，亞契爾所陳述的人格特質，即令是正確的，若說其必然造成自殺，則大有商榷的餘地。

首先我們從技術性，結構的層面探討海達・蓋伯樂之死亡結局，海達在本劇最後的戲中戲所採取的反諷態度，所壓抑的情緒，全引爆在瘋狂的舞曲，鋼琴的鍵盤上。對於正在重建遺稿的艾太太和泰斯曼來說，形成嚴重的干擾——

艾 太 太：（在椅子上一驚）噢！怎麼回事？

泰 斯 曼：（跑到門廊中央）哎！我最親愛的海達！今晚不要彈舞曲——想一想蕾娜姑媽！還有羅夫博各！

海　　達：（頭從門窗的空隙伸出來）還有朱麗亞姑媽！還有張三、李四其他的人，這一曲彈完我會永遠安靜的。（又將門窗合攏）（256頁）

顯然他們都對海達的瘋狂舞曲感到震驚，不解。繼而要求海達為了表示尊重死者不要再彈。但海達全然不為所動，並激越表示彈完就會永遠安靜，在場的其他人也全無所覺。沒有解讀其死亡的暗示，於是泰斯曼為了體貼海達做出以下的安排——

泰斯曼：（在書桌旁）我們這樣拚命做這種洩氣的工作，她看了當然會難受，我看這樣吧！艾太太——妳就在朱麗亞姑媽的空房間住下來，每天晚上我去找妳，我們可以坐在一塊兒靜靜地工作——呃？

海　達：（在內室）你說的我都聽見了，泰斯曼，但是叫我一人如何打發這些煩悶的黃昏。

泰斯曼：（翻著稿紙）噢！我相信好心的布拉克法官會常來陪伴妳的，即使我不在家。

布拉克：（躺在安樂椅裏，愉快地叫著）每晚都會來，這是我畢生最大的樂事，泰斯曼太太，我們一起將會水乳交融的，我們兩個——

海　達：（聲音嘹喨而清脆）是啊！那還用得著你自吹自擂嗎？我們當然合得來，布拉克法官，現在你是籠子裏唯一的鳥了——（257頁）

泰斯曼或許沒有想到他們的重建遺作與海達亟欲毀滅它的作為相衝突，一種不自覺的衝突形式。而且海達眼看著泰斯曼和艾太太又將成為並肩作戰的夥伴、同志，彷彿是羅夫博各與艾太太的翻版和復活。不論是在別墅或姑媽家都一樣，讓海覺得自己是無用，多餘，徹底的挫敗。接著泰斯曼不察布拉克的包藏禍心，硬是把海達推向布拉克的懷抱。他的一片好意反而把海達引入死棋，布拉克正感得意竊喜，海達的反應出奇的激烈——

（裏面傳出一聲槍？泰斯曼、艾太太和布拉克法官都跳了起來。）

泰斯曼：哎！她又玩槍了。

（她一把掀起門簾，跑了進去，後面跟著艾太太。海達已經直挺挺的躺在沙發上，玉殞香消，混亂與喊叫，波爾達聞鈴聲從右面進入）

泰斯曼：（向布拉克尖叫）槍殺了她自己！槍打在她自己的太陽穴！莫名其妙！

布拉克：（癱在安樂椅裏）仁慈的上帝啊！人不能做這樣的事！（257-258頁）

海達的確陷入了困境，是屈從於布拉克的要脅做其情婦或者面對醜聞上門，（當然也是海達極為憂慮，害怕的。）結果她選擇自殺。尤其是那樣勇敢堅決，一聲不吭地打在太陽穴，完全出自她的自由意志，自己的抉擇是不容否定的，或許就是她自己嘔歌讚美的轟轟烈烈，漂漂亮亮的死。是羅夫博各不能、不敢完成的偉大壯舉，死亡中有無限美麗的境界。然而死也是最大的否定和虛無，人既已死亡，又何來自由意志的行使與否的問題。其價值和意義如果脫離了生命的本身又能肯定什麼？在邏輯上說是個詭論（paradox），似是而非，不確定。讀者或觀眾對海達的言行舉止，人物的面向，層次的認識，得到的資訊，遠超過其他劇中人物。因每個人物受時空所限，對海達了解不夠，以致見其死亡相當震攝，惶惑，不知所措。或者說問號不在讀者或觀眾，而在其他的劇中人物，也算具結論性結束（inconclusive ending）的一種方式吧[186]？

海達這位將軍之女，玩槍多年，也曾拿槍威脅過羅夫博各，對空開槍嚇唬布拉克，送槍給羅夫博各做紀念，鼓勵其自殺卻導致意外死亡。結局倒是海達自殺成功，也能稱之為浪漫的命運的悲劇？海達之死為應得的報應或懲罰？是負責的死亡？誰該負責是海達還是社會環境？這個結局是高潮推演的結果，延續發展而來。但在讀者或觀眾還來不及反應就落幕收場，真是迅雷不及掩耳。此種結束方式所激發的情緒效果，與莎劇、古典悲劇顯然不同？是否也能稱為悲劇？如何歸類，正是下一章所欲探討的核心問題。

伍、風格與類型

易卜生的第一部劇作完成於一八五〇年，最後一部戲則寫成在十九世紀的最後一個月，在他五十年創作生涯中總共寫成了二十五部足夠長度的劇本。大致可分成三期：第一個時期是從凱蒂琳（Catiline）開始，到一八六七年所創之偉大劇作皮爾・金特（Peer Gynt）為止，在這十七年中寫了十一部戲。在這個階段裏，多半是花費在各種不同風格的試驗，從莎士比亞式的幻想劇到羅馬悲劇，由輕韻詩喜劇（light verse comedy）轉向世界的歷史劇，自史可來甫式（Scribean）的佳構劇到哲學性的劇詩，從散文的諷刺到民族神話[187]，林林總總不一而足。

第二時期是從一八六九的少年黨（The League of Youth）始，至一八九〇的海達蓋伯樂終[188]。他在二十一年中寫了十部劇作，常被稱之為寫實主義風格。由蕭伯納所撰之《易卜生主義的精華》（The Quintessense of Ibsenism）[189]高舉大纛，流風所及追隨者眾，不祇是寫實主義的大營，甚至也近乎極端的自然主義，易卜生也躍居為十九世紀末改革主義之父的地位。法國的布瑞厄（Brieux），英國的高斯華西（Galsworthy）都直接受影響。但正如班特茉（Erich Bentley）指出的這些易卜生主義的諸君與易卜生主義的精華之關聯究竟有多大，頗為可疑。他說「易卜生所採取的寫實的戲劇形式，也正是這種寫實的形式造就了現代易卜生，它具有反華格納、散文體、嚴竣、質樸的台詞，辛辣的嘲弄者。……易卜生使他的寫實主義成為他個人的和細膩的工具——如果還不夠吸引人的話——也與皮爾金特並無二致。事實上，易卜生是從他的寫實主義推陳出新，化成不著痕跡的浪漫主義 」[190]。

易卜生在國外度過二十六年，於一八九一年才回國定居，儼然成為要員、參加宴會、佩帶勳章，宛如挪威的文化之父。惟其所寫的作品卻愈來愈主觀、難解、其間隱含著對現代人的批評和責難，甚至包含詩人自己在內。這最後階段的作品，以總建築師（The Master Builder 1892年）開始，到復甦（When We dead Awaken 1899年），共四部戲。一般的教科書上常標定為象徵主義或象徵的風格。然而要把象徵主義作為寫實主義的對立面，區別的標誌，放在易卜生的作品來判讀時，顯然不合適。像社會棟樑（Pillars of Society）、傀儡家庭（A Doll's House）、群鬼（Ghosts）這些劇名都有其象徵的意含。更別說野鴉（The Wild duck）的象徵，根本是整個劇本的核心主題。海達・蓋伯樂亦然，既可列為易卜生中期的最後一部戲，自我放逐在外，回國定居之前所寫的作品。在風格上與同期劇作比較接近，有寫實的層面與特質，但也有浪漫的氣息，甚至象徵的運用、神秘、難解、不可知之處。所謂寫實、浪漫、象徵都是不易釐清、界定的概念和語彙。在此也無意找尋精確的定義，僅藉由寫實、象徵、浪漫不同的觀點探討海達蓋伯樂的某些特質與意義。

一、寫實的

影響易卜生進入寫實的風格寫作的原因可能很複雜，但受到當時整個風潮和壓力的牽引也是必然的。十九世紀末的興趣是在人與環境的關係，強調人才是宇宙的中心而非神。故文學戲劇的焦點亦建立在人與特殊環境間所產生的種種經驗內容和互動的結果。然而正如奧爾巴哈所云「十九世紀末，甚至二十世紀初，這些國家裡遺留不少正規的和認可的思想與感情的共同性，而一位作家在表現現實時可用現有的加以組織作為依據的基準。至少在當代的運動的領域中，他能分辨某種特殊的風尚，並能用一定清晰程度標定對立的態度和生活方式[191]。」換言之，即令同為寫實主義的作家也同中有異、態度有別，採取的技法殊非一致。

易卜生說「我很晚才理解到這種創作實際存在看事物的本領—要使看到的東西恰如詩人看到的那樣傳到接受者那裡。……最近十年來我在自己作品中表達的一切都是我自己在精神上體驗過的。但是沒有詩人可以孤立的體驗任何事情，他能體驗的是所有他的同胞一起體驗到的事物。如果不如此，將怎麼建立生產者和接受者的心靈之橋呢？然而，我體驗到和我寫的又是些什麼呢？這個領域很廣闊，我所寫的部分是我在剎那間、美好的時光中令我感到激動鮮明地視為偉大、美麗的事物。所以說，我寫的是凌駕在日常的我之上，我寫這個是為了抓住它以免褪色並存在於我自己的生命中。

但我也寫了相反的東西，即那些內省冥想出現作為我們自己天性的渣滓和沉澱。在此情況中寫作的任務對我來說就像沐浴，我感覺到留下的是潔淨、健康、獲釋者……學生有本質上跟詩人相同的工作：先讓他自己，再讓別人弄明白屬於他這個時代和社群所騷動的暫時和永恆的問題[192]。」簡而言之，易卜生是將其所見所聞之人生素材（raw materials），經過他的體驗表現出來，不論是他深感美麗或偉大的事物，亦或是他所察覺到的人性底層的糟粕，且與時代和社會有關的問題。所以，我們會在海達・蓋伯樂劇中找到當代社會環境相對應的人物和事件，甚至是他所熟悉的友人，涉及隱私的部分，已於人物論第二節中述及，在此不贅。但畢竟經過他重新選擇、組合、創造出來的人物與情節，自覺或不自覺地流露出他的情感與思想，既非純粹客觀地描摹，亦非全然主觀的想像。

在技術上，海達・蓋伯樂劇中每個人物出場時，易卜生於舞台指示中都有一定程度的描述，雖不像小說那樣詳細，避免了演出選角的困難，也不至讓熟人尷尬、真的上了台[193]。卻又能讓讀者獲得人物的形象，把握由內散發於外的氣質，產生真實的幻覺。海達・蓋伯樂之空間描述相當精緻，包含了不少細節和營造了氣氛，在兼顧舞台技術要求下，幾乎不遜於小說，在易卜生的作品中也是最細膩的作品之一。這當然也符合了寫實主的要求，讓其所創造的人物主體在一個設定的情境中做出人們已接受的適當行為舉止，所設定的情境又必定包括環境中的細節描述，使其呈現與吾人對這些地方的經驗建立關係。無論如何，主要還是由這種人物的特殊關係決定了動作過程必須賦予其幻覺[194]。

其次，從自然主義到寫實主義都強調真實人生的再現，反對古典主義或佳構劇在情節結構所重視的邏輯因果關係。或如班特雷（Eric Bentley）所設定的人生切片（slice of life）與約定成俗（convention）作為寫實與反寫實的風格判讀基準之一[195]。而海達・蓋伯樂的情節結構基本上符合邏輯的必然與蓋然的因果關係，但也包括意外、偶然的因素。如海達蜜月旅行回來恰巧羅夫博各也正復出，遺失稿件卻被泰斯曼撿到，蕾娜姑媽傳來惡耗以致手稿落入海達手中等等本書結構論裡已有分析，請復按。

再其次，有關海達・蓋伯樂之語言風格，因不識挪威文僅依據中、英譯本，故不涉及細節討論。易卜生曾寫信給戈斯（Edmund Gosse）說「這個劇本，正如你所觀察到的，是孵育在最寫實的風格裡：我希望能產生真實的幻覺，我希望能對讀者產生他所讀到的某些事情就已真正發生過的印象，如果我用韻詩將會跟我的意圖相牴觸，妨礙我為自己所設定想要完成的工作。這有很多的平凡人，我企圖引進庸碌之輩到這部戲裡，如果我讓他們所有的人在說話中用一個和同樣的節奏尺度，將成為模糊的與其他人沒法區隔開來的。……我的新戲不是古代所接受的悲劇，我渴望刻劃的是人類，因此，我不讓他們說神的語言。[196]」易卜生的這種理念和創作徹底顛覆了古典主義對於題材、人物、文體、類型的基本原則和限制，實比浪漫主義所宣布的崇高、怪誕混合更具完整更具意義[197]。其寫實的語言風格至海達・蓋伯樂達到了高峰，表面或刻意的質樸，實際上蘊含了更複雜的潛台詞和豐富的意涵。略舉數例，以資佐證：

(一)劇中人物—Hedda Gabler, Tesman, Brack均有暗示性的意義，已於劇名人名的啟示一節中論述，毋庸多贅。

(二)Tesman的口頭禪eh說了86次，fancy that也說了19次[198]。當一個符號出現的機率太過頻繁，帶來的訊息就會很低，甚至失去意義，當它們一直跟著Tesman重複出現就變成了他的附屬品、專利品、招牌了。反過來也說明了他的性格的某一特色，代表他的為人處世刻版、無趣、煩人的一面，一旦錯置了情境，變的滑稽可笑起來。像他發現海達自殺的台詞竟然是“Shot herself！Shot herself in the temple！Fancy that！”同時產生了悲喜兩種性質相反，卻交織在一起的複雜情感的反諷（irony）。海達刻意模仿泰斯曼的口頭禪，當屬神來之筆，前有論述，請復按。

(三)至於一石二鳥見本書戲中戲一節。

(四)comrades or companions[199]，用在描述男女之間的關係，已不尋常，意指介於愛情與友誼之間夾纏和不確定狀態。用於羅夫博各與海達係指共同追求的生命的渴望—狂歡與放蕩形駭，但只有一個做、一個聽而已。以其描述羅夫博各與艾太太一起從事學術研究工作，當然也包括他們之間的情感在內。雖然是同一各字所指涉的內容截然不同，而羅夫博各與海達、與艾太太之間的關係都是comrades or companions但海達與艾太太卻都是對立、負面關係。

至於child的比喻和vine-leaves in one's hair的象徵意義在下兩節還會討論。海達蓋伯樂全劇的對話都非常簡潔、有力，甚至有人抱怨看不懂演出，就因為台詞太短的緣故。表面上看到該劇台詞或對話很平易，非常接近日常生活的語言，寫實的程度很高，但實際上已善盡了戲劇語言的功能。誠如班特雷的評論「易卜生式的句子一次演出四、五個功能：它照映到說話的人物、聽話的人物，談論有關的人物；它推進情節；其功能反諷地在傳達給觀眾的意義不同於傳達給劇中人物的（它不只是這個人物說給觀眾聽的那一個事物意義超過劇中人，而且也會有他們所說的事物，就某種意思而言，對劇中人又比觀眾有意義的多。）最後，易卜生式的句子是建構整幕的韻律模式的一部分[200]」。

二、象徵的

珍奈特李（Jennette Lee）認為易卜生劇中的象徵「首先代表劇中的一個人物；其次，作為這個整體意義尚未顯現的部分。常用一個對象或事件做該劇的一個中心主題或動機。從而象徵它最後就代表劇本的自身。[201]」在論及海達蓋伯樂時她描述海達為「冷、直、閃亮、無情、爆炸性的女人、攝人心魂，卻不會饜足。劇本的象徵之展現，使她成為一位靈魂人物。[202]」並認為海達在其人生中只有兩種事情有興趣：在消極方面是怎麼才不會無聊，積極方面是發生令人興奮的事情。但別人對她的興趣不減，不祇是劇中三個男人泰斯曼、羅夫博各、布拉克都對她著迷，茱麗亞姑媽、艾勒富士德太太亦然。尤其是艾太太在唸書時很怕海達真會燒掉她的頭髮，而現在卻屈服於海達刻意攏絡下，死心踏地的信賴她，盡情吐露真相。或許完全是劇作的藝術，事實上，她也逮住了我們就像她的世界中其他人一樣[203]。我們不同情她、不愛她，但也不輕視她。她具有吸引力，我們隨著她冷冷的、安靜的、無法預測的行動，屏氣凝神。爆炸性的發展、造成神經緊張和耍弄心機。她為何做這個？下一步會做什麼？甚至不為什麼？無法估算，火光一觸及發、立刻爆炸。現在不難理解她——一把手槍、致命的、單一的、無情的和準確的[204]。猶有進者，李認為易卜生把全劇的中心都放在海達的身上，關於她的種種包括現在、過去與未來，而她唯一被認知的是作為一個在舞台上行走的人槍（a human pistol），其行為舉止都可以作如是解[205]。從她蒼白的膚色、鐵灰的眼睛、閃動沉著冷酷的眼神，到她身為將軍之女、騎馬弄槍、消磨時光、開槍嚇唬布拉克。當她得知泰斯曼與羅夫博各競爭教授職位，可能危及泰斯曼經濟來源的希望，陷入破產的風險時，卻流露出異常的亢奮。蠱惑羅夫博各參與狂歡，藏匿其遺失稿不還，贈槍給他自殺，且將稿件焚毀，徹底摧毀羅夫博各的身心。凡此種種情節的設計，或者說在戲劇的動作中實踐了海達所象徵的概念，同時也「通過這部戲的機械的結構，讓我們感受到首要人物不祇是一個女人，而且還是一支細長的、挺直的、閃亮的、致命的武器[206]。」

總之，海達作為本劇的最主要的人物有其象徵——手槍。

至於手稿（manuscript），李認為易卜生用在整個劇本中作為詩人靈魂的象徵，海達的焚稿正說明了她不祇是一個女人，也代表了一種類型——冷酷的、知性力量的破壞性婦女，她殺戮了詩人的靈魂；代表相互扶持另一類型為黛拉（Thea），女神似的婦人，詩人的良善天使，激勵他、拯救他於滔滔濁世；戴安娜（Diana），這位女獵者、追逐他和透過他的劣根性貶謫他，除了羅夫博各之外，其他兩位男性，布拉克代表世上的男人，泰斯曼只是個學生，但都扮演了詩人靈魂悲劇的一部分[207]。

就整個劇本的象徵而言，可能分成好幾個階段進行發展。手稿既是羅夫博各的靈魂，進一步，他可以是詩人底人性層面，多面關係的，以及知性過度的傷害和激情的墮落所毀。或者劇本是社會扭曲的一幅畫面，就好像在破壞上也蘊含著寶貝在其中，唯有用愛、溫柔的聲音和撫慰的動作、接納它，才能有真正的自我。它可以是一位婦女生動的表現並且她扮演了孕育社會下一代的角色，人類的命運——社會的命運——都依賴她。無論她怎麼決定他都將照做，她可以撩撥他，像海達，去狂歡宴會，像戴安娜使他墮落，或者用愛鼓舞他，讓他盡力對此世界做出貢獻，她為他選擇，會有成就，因為男人是她掌握中的孩子[208]。

選擇任何一種意義時，只要徹底通過象徵的，細節的詮釋，將可發現不會跟其他的意義相扞格，他們唯有形成與其有關的一種環境——一種氣氛。他們為其增添聲色，完成所有的意義之後，將會留下一個中心的標準——詩人的靈魂、一個敏銳的反應器，在與環境的接觸中，是堅強的、不屈的和具破壞性的[209]。

按照上述珍奈特李的論點，實大有商榷的餘地。首先是她象徵的界定不是意義的釐清，只是說明了易卜生使用象徵的方法。其次，舉凡象徵皆屬間接、暗示性的傳達，必定是歧義、曖昧、多義的，很難確定其所指涉的意義。有時超出意識，理性所能作的說明，亦即包含潛意識、非理性的部份。是故當她把海達作為全劇的最主要的象徵，又反覆強調海達象徵一把手槍或人槍，就只能固定在此意象中可能有的，或衍生的意義，使得象徵的功能和價值降低。對於手稿，詮釋為詩人的靈魂，究竟是指劇作者還是劇中人、羅夫博各等男性，常混淆不清。且把詩人身心的破壞歸因於冷酷理智的海達、卑劣獸性的黛安娜、和善良神性的黛拉等三股勢力拉扯的結果。此寓意式的解說，反而破壞了易卜生苦心營造的反諷意境和氣氛，在邏輯也犯了過度簡化的謬誤。

麥耶生（Caroline W.Mayerson）全然不同於珍奈特李的說法，只分析海達・蓋伯樂劇中的頭髮、原稿和手槍三個象徵，與主旨、人物、動作的關係，並由此以見易卜生的表現或暗示的概念和方法[210]。他認為海達蓋伯樂劇中所有角色都可以用來與海達做比較，在此在彼顯示了海達人格的不同層面，黛拉最為明顯，形成強烈對比。她們競爭操控羅夫博各形成本劇最主要的外在衝突，來自核心動作所進行的貧乏與豐饒正反議題的辯證，主要通過兩人的對立來實踐。海達有孕而黛拉在生理上不孕，但在情感上海達否認有孕在身，也不接受女人有機會向前進步，她心理上的不孕的許多症狀需要稍微放大來解釋，她不願給予，甚或放開自己，她為了保持其獨立卻付出了完全挫敗的代價。易卜生運用黛拉代表另外一面，指向海達所不能理解的自由方式，經由她的才智擴充了她自己或羅夫博各的夥伴、黛拉不祇是讓他的創造力的再生，而且是把她的優質部份與他結合產生了一個未來的預言，即是易卜生所揣想的第三帝國，把過去的理想併生在一個新的和更完美的統一体中[211]。她放棄她自己卻找到了自己，她為了確保其功能的延續，幾乎是本能地與其文化習俗決裂，她擺脫了女性的柔弱，成為本劇中真正的解放者。在本劇結束時贏得了部份的勝利，雖然羅夫博各失敗連累的她，但是她的生產力依舊，海達自殺了，黛拉卻忙碌地準備與泰斯曼再造她的新生兒，使他立刻認清他自己的專長之所在，進而擺脫他對海達的牽掛[212]。

從以上概括地描述了海達與黛拉間的對比，凸顯了本劇的生育意象。手稿是羅夫博各和黛拉的孩子，為個體間一種聯合進展所生的意念，也代表她們掙脫其環境偏見的表徵。當海達將一頁頁的手稿丟入火爐時說“現在我正在燒你的孩子，黛拉！正在燒它，捲頭髮！妳的孩子和羅夫博各的孩子，我正在燒——正在燒你們的孩子。（230頁）”海達衝動地毀滅黛拉的孩子和捲髮，讓我們注意到兩者的關係和象徵。以頭髮作為生殖能力的象徵，在西方文學傳統中可謂其來有自，易卜生不會不知[213]。雖然他在每位重要人物出場時都對他們的頭髮有所描述，但情況仍有不同，除了描寫海達的“髮絲並不特別密緻”和黛拉的“頭髮非常濃郁，並呈現波浪狀”形成強烈對比外，五度涉及黛拉的頭髮，也顯示出海達對它既羨且妒，嫉恨起來“說要放把火燒光它”（142、202頁）羨慕時以手梳攏它（194、255頁）。頭髮在這些場景所扮演的角色，不祇是讓人注意到海達的缺陷，而且顯露出她的反應是由於她的偏頗理解所致。在改裝一個原始的象徵中，易卜生稍微轉換了它的程式化的意義，以心理取代了生理的潛能。其原始的聯想仍然充斥在兩個女人之間的基本關係，其高潮場景的震撼效果主要來自親自目睹其虛偽矯飾的背後的野性——海達把一頁一頁的手稿丟進火爐付之一炬，就好像一位裸女在從事一樁野蠻的行動。相對地，海達掌握其父親的手槍是其參與世襲的武士傳統的幻覺所披之外衣[214]。

麥耶生認為手槍就像易卜生許多象徵的運用，很明顯的不祇是象徵，而且一樣具有重要情節的功能。猶有進者，其象徵的意義不能約減為一個簡單的公式，但必須想到手槍做為海達從蓋伯樂將軍那裏所得到的遺產。因此帶給她複雜的聯想、感受與識見。

通過海達對槍的態度傾向和使用的情況，很清楚地它與海達所受的教養背景中某些價值緊密相連。但如果沒有比易卜生在劇本或當代的評價對一位挪威將軍的概念有更多更完全的知識，想要對這些價值作完整的界定是困難的。或許有如布蘭德所云「十九世紀的觀眾會認為海達在維護將軍女兒的尊嚴與榮譽根本是幌子，因為當時的一位挪威將軍，誠然是一位騎兵官，做為一位統領，但從沒打過仗，配槍也沒沾過鮮血[215]。」即令現實如此，這並不意味著海達所憧憬的一位將軍在理論上所賦予的屬性與特權也不存在。也許易卜生就是意圖讓我們了解海達是表現過火的第二代，由其誇張的架式中看破其自傲的傳統[216]。但是此一傳統，不論它怎麼不光彩，就手槍和海達的心靈歸屬而言，畢竟，這位將軍是唯一可以做為一窺其女兒野心和價值觀的依憑，在劇中自有其份量。這些概念具現在海達之男子氣概的浪漫理想裏，並可從其動作和對話中得知。貴族的特質，首重勇氣與自制，通過主導和特立獨行表現他自己、生存的能力、不顧安全和輿論的指責、危險只會挑起振奮、寧為榮譽而死、從挫敗中獲勝。這種瞻前不顧後的鹵莽也是意志訓練的結果。莊嚴的命令驅使他自己和其部屬的行動，如此一個人再用槍的時候會慎重，評估其目標，他開槍一是為保命，或為其榮譽、甚或是為了保持威勢。無論如何，手槍有一種內在的魅力，將軍可能有好幾種配備，手槍卻是最容易讓人思及武士的原則與赫赫威儀。然而這些力量，由海達所顯示給我們的是一雙錯亂的手和不負責任的自大狂，對所有靠近其領域的人，帶來的只有無意義的破壞[217]。

通篇戲劇對槍的使用可說是一種對其傳統角色的模擬反諷，海達在自殺前，並沒有真正的射擊目標。她之所以被視為危險人物，是因為她拿槍威脅過布拉克和羅夫博各。但兩人都瞭解海達的威脅只是一種做戲的姿態，並沒有真正的殺人的意圖。即令她真的用槍來避免被侵犯，維護所謂的榮譽，但這種榮譽基於社會的利害考量大過於道德上的含義。她嫁給泰斯曼卻跟布拉克調情，海達與布拉克都察覺到對方是冷酷無情的，其間的微妙關係一旦失衡就會危及失利的一方。直到結尾布拉克還自信滿滿地認為海達是其女性的敵手，即令她已躺下來死去，他仍然不相信她會採取這樣激烈的手段，所以他說“人不能做這樣的事”。

手槍在羅夫博各的死亡中扮演了關鍵性的角色，在我們對其所代表的理想的了解程度來說若從海達觀點視之就模糊了透視形成扭曲。因為海達對黛拉幫羅夫博各所完成的生命的創造，她沒有真正的瞭解，甚至沒有興趣。取而代之的是她禮讚他的缺點，誤解虛張聲勢為勇氣，為了神聖的參與生命的饗宴，而耽溺於肉慾，為了英雄式的探索經驗的整体自現實中逸出。甚至更重要的是她禁止自己本能的實踐，她把反方向浪漫化。從而，鼓動他走向毀滅之途，她把手槍送給羅夫博各去自殺，這種對活著的意願的極端否定武斷地賦予英雄主義和美讓人硬是聯想到獻祭而亡；海達無法分辨出風頭主義所帶來的意氣風發，與悲劇的死亡是為了生命價值的延伸與再生，使得自我能夠提昇，兩者根本不同[218]。

事實上，海達對其自殺所持的觀點與吾人對其意義的評估有相當大的落差。她象徵地把自己從布爾喬亞的環境中撤退到那一個包含她早年生命遺跡的內室裏，瘋狂地彈奏著舞曲，用父親的手槍貫穿太陽穴，倒在父親肖像的腳下，漂漂亮亮地走了。她以死來證明她底獨立性的承傳，以其訓練有素和達成目標的決心最後打敗男孩子。儘管未盡如其意，海達明見其死亡，並讓吾人相信，她是主角也是旁觀者；無疑地她找到了極響亮的辭彙讓人記住。固然布拉克與泰斯曼有其閉幕詞，但這些台詞顯示不出海達對其世界所欲傳達的訊息。而我們有機會判斷這個舉動與整個脈絡的關係，並對這位堅持不生育的主角最後的戲劇化表現做適當的解釋。其實她也沒有了悟，她的死亡也未肯定什麼重大意義，她甚至表示"不明白為什麼每件她所接觸的事物都變成滑稽可笑與卑微"。她死於一個大部份是由她自己所造成的卑污的環境；她不願面對現實，也不願為其行為負上任何責任，手槍傳給一個膽怯和詐欺者的手中，帶來的只有死亡沒有光榮[219]。

當象徵並沒有傳載海達蓋伯樂整個主題的重擔時，它將會呈現出只說明與其有關的動作和人物的意義。也正如班特雷（Eric Bentley）所提出的海達蓋伯樂之劇中人物，就像易卜生晚期的作品一樣，他們是一群居住在荒原中的活死人和艾略特（T.S.Eliot）神似。同時也像艾略特一樣，易卜生強調現在的無趣與英雄式的過去形成強烈的對比[220]。麥耶生甚至說「事實上，海達蓋伯樂的世界病得比伊底普斯的底比斯、哈姆雷特的丹麥還難治，因為其世襲的領袖們受限於主流的中產階級的理想，使他們的發育萎縮，殘缺和癱瘓。至於其他空虛的人，他們蔑視但依然裝作尊敬和保證信仰有上帝神祇。對其祖先所信守的原則也只有口頭服膺而已。作為這個世界所產生的精英，留給他們自己的，卻是打擊他們頭腦和力量超過他們所能對抗的障礙[221]」。接著他表示，劇中人物羅夫博各作為西方文化的傳播者和先知，卻虛耗其才華，脆弱到難當大任，其詮釋工作又留給毫無想像的冬烘，專從過去的枯骨找東西的學者。至於女人，這文化自然的精囊未來的母親，受到其環境不孕氣氛最嚴酷的禁制。茱麗亞姑媽代表一個極端，這位高雅的老處女，因其強迫性自我奉獻的強烈情緒導致過度補償。另外一方面以妓女黛安娜為代表。而黛拉，這位長了一頭濃郁波浪形頭髮的女孩，具有生育精神者，她意志不堅又無趣味的下代種子的貯藏所。當她的母性受到威脅時她就敢於反抗習俗，扮演及時挽救他人命運的角色。易卜生讓她得到勝利，但也有滑稽夾雜其中。就在她開始為伊之阿杜尼斯（Adonis）唱輓歌時，她又從其口袋掏出胚胎繼續塑模，在得到泰斯曼的奧援後即能成形——為古典的死亡與再生的一種回響。但它應該不像易卜生夢寐以求的、光彩奪目的第三帝國吧！想要適當掌握舞台的中心還是得通過海達，在揮之不去的過去的陰影與現在不孕的幽靈依然在迷霧的戰場中奮鬥，她的手槍雖刻有紋飾但別人絲毫不明白。甚至她自己也一知半解，她倔強的自我主義，缺乏自我認知，她怯懦，卻也尋求實踐，但在一連串的無效的錯誤和行動中達到雖死無益的高潮頂點。就像皮爾・根特，她只適合作領袖人物，但又沒有能力去分辨大是大非，麥耶生說「她的鏡像是帶著悲劇的面具，易卜生又確實讓我們看到後面的羊人（satyre）突出的耳朵和角。[222]」

三、浪漫的

自從一九二八年佛斯特（E.M.Foster）論述易卜生的浪漫風格以來[223]，由此角度切入者甚多。杜伯赫（Eorrl Durbach）確是一位相當全面而且深度探討者之一。他把海達蓋伯樂視為樂園中浪漫的品性類別[224]。首先指出海達之形上學的質疑：由於她出身貴族，過去的種種教養所形成之戲劇化意象，使她無法面對眼前平凡的中產階級生活。再加上性焦慮的心理探索、死亡的恐懼、不朽價值所帶來的渴望，以致陷入空虛無聊的處境之中。固然，她所生存的世界沒有適合她的事業和出路，缺少了世俗的解決之道，是其難題之一。但主要還是她的悲劇感（tragic sense）「黑暗／古老結局的蠶食——可怕的毀壞進入世代交替，時限與死亡的世界——唯一能治的法子是在一個無神的世界中的一種神聖形式」。運用了一系列的負片（photographic negatives）——海達的浪漫主義的黑暗面——易卜生要求我們延伸進入她複雜的內在生活意象，極關重要的是她無法把不朽的渴望與獸性的朽壞取得和解；美麗必會逝去，花註定會凋謝，性有其自然過程，降生與死亡。猶過於限定在布爾喬亞世界的身分地位，整個有機的世界都成為他的陷阱[225]。接著他舉證海達進入佈滿了鮮花的客廳，但也聞到福克夫人所留下的死亡氣息。舞會後的花束枯萎，秋天的黃葉，流年暗轉，時辰一到她將分娩。儘管她否定懷孕的生理真實，但這種要求不可免，綁住她的還不只是泰斯曼制度化的角色和人母之道，甚至也是生子和死亡的生理機能的問題。當她拒絕去見臨終的蕾娜姑媽時，強烈地表示不要看到疾病與死亡，避掉每件醜陋的東西[226]。單獨留下美——對真實人生所作的一種幾乎不可能的抽離狀態。詭論似地一種完美風格，唯有死亡最後賜給了她[227]。

其次，所有海達蓋伯樂劇中的有機的生命意象，變遷，過程與發生都包括在易卜生的歷史意念中。劇中每一個重要的人物都可以用歷史觀來界定——其歷史感決定了他掌握現實的尺度和其面對週遭世界變化的能力；歷史，可視為真實或暗喻或象徵，所建構的世界觀裏有其浪漫主義的評價[228]。正如派克漢（Morse Peckham）所云「浪漫主義是將其納入歷史過程的架構中，真實既非空間亦非時間；它是歷史的過程[229]」而海達、泰斯曼和羅夫博各都是浪漫主義活生生的範例，故其態度之偏頗與蔽塞也各有不同。泰斯曼顯然居於歷史的時態，過去是完美的，過去與現在彼此之間沒有交互干涉的關係，歷史不再更改只有更完美地揭露在孤立的、靜止的和令人安心的逝去的意象中。是故就像泰斯曼全心投入中世紀布拉班地方的家庭工業見到的既非原因亦非命運只當作是歷史的研究而已。當他聽到羅夫博各的新著涉及人類文明的前途和未來時，簡直難以置信。海達固然嘲笑泰斯曼識見狹窄，但是她對過去的依戀不變的程度猶過泰斯曼，甚至視為神聖不朽，手槍和肖像最具代表和象徵。當其視野風格注入到中產階級標準裏立刻呈現出乖訛和時空錯落之感。海達明知其已逝去，卻總是回顧高貴和武士的年代。她本該隨時進入適應社會變遷，接受已經下嫁到中產階級，“一個人不做那樣的事情”。一旦拒絕歷史變遷的層面，就如同拒絕其他一切事物。相反地，羅夫博各的歷史觀為一種延續——過去的不完美有機地連鎖到現代並流入未來——似乎提供一種積極浪漫或其他靜態的歷史之間的抉擇。然而，如果浪漫的歷史是一種精神進展的傳統性紀錄，卻在劇中羅夫博各的生涯中沒有蘊含著這樣的積極的本質。同時亦可參照易卜生筆記的說法「羅夫博各留下的書稿背後，顯示出人類的任務是持著火炬向上、向前去，但生命在現代的社會的基礎上是不值得活，因此，他通過其想像來逃避它，並藉酒消愁等等[230]。」這種悲觀的論調，直到結束也未必能令人振奮、樂觀起來。易卜生的筆記裏也留下這麼一段「在羅夫博各離開人世後，讓他們兩個坐下來面對不能解釋的草稿，並且還有姑媽陪著他們，對於人類為了進步和發展的奮鬥多具嘲諷的評論[231]。」

如果說劇中人物有誰與作者精神進化相通，那還是海達，雖然在“進步”的技術性意含有別。她可以贊同泰斯曼的一種完美過去的永續意義的觀點；對社會力量所形成的未來的深惡痛絕，對未來本身懷有恐懼；可以跟羅夫博各的人生不值得再活下去的觀點一致。但是，終究海達的歷史觀是與自己最強烈的浪漫的渴望結合：突破時間的限制，發現一種不可能出現在中產階級客廳裏的精神昂揚的向度，活在神話地世界超越歷史的變遷與死亡。她底樂園觀在真實的人類經驗世界裏沒有相互的關聯，簡直是空中閣樓。杜伯赫稱其為海達古典的浪漫主義（classical romanticism）他解釋道「蓋伯樂體系的病態只是海達之古典的浪漫主義的一個層面，她的神話似的語言說得非常慷慨激昂，爆炸的意象和發亮的美學，超時限的美，自由和狂喜成為人類神聖的精神向度。而其古典的浪漫主義的另一面則擬想戴昂尼索斯的動態能量[232]」，海達在蠱惑羅夫博各去參加狂歡派對後對艾太太說「……我好像已經看見他了——酒酣耳熱的——神采奕奕的——頭上戴著葡萄藤葉——他將會重新拾回自信與自制而今而後永遠是個豪邁自由的男子漢了」（201頁）它是一個性愛高漲的景像，狂放的自由以及神似的自我肯定，只不過沒人知道她講什麼。易卜生雖在劇中一共九次提到“頭戴葡萄藤葉”卻不做進一步評註，留下寬廣的想像和詮釋。杜伯赫爰引了尼采在悲劇的誕生中所提之理論分析，但海達的葡萄滕並不適用理性的探討。她自己無從發現神在其中，轉變自己進入一件藝術品裏，作為神話歷史的夢其所揭露的標尺，陷入生產和死亡的世界裏，囚禁在她自己的蓋伯樂體系中並局限在中產階級的客廳。海達絕望地需要突破她的壓抑和她的人性限制找到暴力行為和破壞性幻想來表達：諸如想燒人頭髮、燒掉手稿、開槍嚇人……鼓勵自殺等等。即令不論這些衝動，她也不能與神相結合並從中獲得鼓舞。所以她是個帶著戴昂尼索斯面具的儒夫，混亂的激情既不能發現也不能尋獲自由——或許太恐懼面對真實，或者蓋伯樂的性符碼受到太嚴刻的壓抑。雖然在與羅夫博各交往中涉及所謂生命的熱望，但她拒絕用雜交來滿足其強大生理上的吸引力，甚至為了保持貞潔不惜拔槍相向，祇在羅夫博各情慾的懺悔中得到替代的舒解[233]。

如果戴昂尼索斯象徵生命的動能，而尼采的阿波羅則是靜態秩序的原理，美的形式和混亂不和諧的有效控制[234]。阿波羅在海達蓋伯樂中係通過蓋伯樂體系本身戲劇化；其限制性道德、其行事的高度警覺、其自我節制、以從容不迫的舉止來駕馭激情混亂。蓋伯樂將軍如神地顯現在戲劇的動作中不斷提醒海達是什麼，她有維護其血統的標準和義務。但她是一個不夠格的戴昂尼索斯同樣地也是個不夠格的阿波羅，一受到環境和壓迫、限制再限制、在妥協中受苦。是故劇中充滿似是而非和扭曲的神祇，它是怪誕地適應，把阿波羅的原則加以變化表現在紅髮妓女戴安娜（Mlle Daina）身上，她的名字巧妙地暗指劇中的葡萄藤葉之神話底層，布拉克稱“伊是有力的女獵者，專獵男人——”（217頁）一種巧思，一個高度的嘲諷，戴安娜/阿蒂米斯（Diana/Artemis）阿波羅的孿生姊妹，追逐/貞潔的女神。出現在現代戲劇裏作為去神話的，性純真的戲謔式倒轉——神祇無可避免的命運是處在一種精神墮落的情況裏。貶謫的戴安娜掌管界定社會中形形色色的情慾關係，包括好色糾纏不休的布拉克，放蕩的羅夫博各以及她自己的粗卑的賣淫行徑。海達在其堅持貞潔的行為可以挽救阿蒂米斯某些墮落的神性，但她為善不多，她沒有對阿波羅的原則提出其他的要求，她說得很有勇氣，但她是個懦夫，她讚美行動的意志，但她自己卻沒有去做。所有的遺物就她而言有一種風格感——阿波羅式的界定為一種無情的，反中產階級的浪漫主義：一種特別、卓越的個性，以其判然有別的氣概疏離社會賤民，並堅持差異作為精神上選擇的屬性、貴族的、享樂主義者、狂放不羈，為浪漫品行這方面的所有的變化。反對中產階級所尊重的平凡，他們強調在反叛和行為有別於他人，極端和怪異，或者由其驚世駭俗到無從模仿的程度[235]。也正如派克漢所云「象徵品性的獨特是以轉變角色進入一種無法想像的華麗、秩序、權力和美作為價值的根源——名流的本質是由於品性和需求遇到不適合的社會作為象徵，這種不合時宜的名流用超人的控制和在一種活動中釋放精力顯示出對其社會的適應，唯有無所事事[236]。」或許這也是布拉克不了解海達為什麼不找一個人生奮鬥的目標（173頁）或者是生兒育女（175頁）。當然更不能理解海達為什麼要自殺。非常弔詭的是海達的德性唯有靠她很特別的死亡來達成。反之，這位心高氣傲的名媛在其生命過程中少有令人讚美之事，其獨特性只建立在她反對社會較低階層的布爾喬亞世界，而她自己的價值卻與恐懼、怯懦、自相矛盾的衝動妥協，她為了生活轉換自我但沒有一種實踐神聖願景的能力。多重矛盾是其人格的核心，故常有極端相反的作為，如果神聖不能來到她的生命中，就由邪惡勢力激勵她去毀滅。她曾經藉著羅夫博各的二手傳播去滿足她的情慾飢渴，現又想讓他從中產階級的道德規範裹掙脫，轉化成海達所渴望的戴昂尼索斯，通過她從前放蕩的情人的經驗體會到混亂的衝動。但羅夫博各所演出的只是荒唐胡鬧一場，現代的粗俗力量證明了不能滲透到浪漫的理想，羅夫博各僅驗證出凡夫俗子能力有限。人不能像神一樣活在永恆狂歡樂中，狂歡是短暫的，不能持久。尤其是當羅夫博各遺失手稿崩潰到要自殺，她赫然發現拯救她墮落的半神（demigod）的方法；既然沒辦法把戴昂尼索斯帶進他的生命中，就鼓勵他拿著蓋伯樂的手槍，漂亮的死亡。從中得到自由，征服其環境，相信混亂，破壞的行動轉化成一種高貴美麗的姿態。震撼原本不值得活下去的布爾喬亞的世界，當然她所謂"事情辦得漂漂亮亮的"（The thing beautifully done）跟中產階級所認為的"一種安祥的死（a beautiful death）"如蕾娜老姑姑不同。弔詭地，一種反抗死亡本身的死法，不具消解衰老的過程，亦即說海達視自殺是一樁偉大壯舉[237]。

然而羅夫博各不是為了海達的浪漫理想奉獻犧牲，他只是為了手稿跟戴安娜爭執意外身亡，而且死得沒個男人樣。所以，她絕望喊道"噢！只要是我插手的事——就變成滑稽可笑與卑鄙齷齪全跟唸過咒一樣（250頁）"事實上海達也很清楚，個性無法轉嫁給他人，如果個性是其祕傳價值和根源，必定要去付諸實施沒有代理人計劃的。她必須成為自己的戴昂尼索斯，自己的阿波羅，甚至在社會中持續地被污染的精神意含，要再度肯定其價值。是故海達在聽了布拉克所描述的羅夫博各死亡細節後，她就知道必須以死來挽救羅夫博各失敗，證明精神世界依然有其可能性，並還原蓋伯樂手槍所代表的榮耀，在一種示範性美的行動中肯定她自己。因此海達之死是一種藝術，使她自己成為詩，更進一步，也唯有在她的死亡中使得戴昂尼索斯和阿波羅終於得到和解[238]。

四、類型

本節部份為上一節的延續，因為風格上的特色也常作為分類的基準，是故有稱海達蓋伯樂為寫實的悲劇，或者是像班特雷把它列入披上現代外衣的悲劇[239]。如其具有象徵主義的風格特色，則可稱為象徵或披上幻想外衣的悲劇[240]。同樣地，杜柏赫、泰南特等人稱之為浪漫的悲劇[241]。而格雷（Konald Gray）提出一個相當有趣的說法「在易卜生所有的劇本中，海達蓋伯樂是批評家普遍地稱許最為一致的一部。在他的作品中誠屬例外——不太可能把他設定為解決社會問題的戲，若與野鴨相比，作為象徵劇只有一些次要的成分。其中心人物的無情也足夠作為傳統劇場的嚴格悲劇最低限度比較的基礎。即令視為古典的悲劇，它也有可能得到激賞不太會有人反對。[242]」暫且不論他的說法是否得到大家的認同，但至少指出本劇也具古典悲劇的氣息。然而也有人稱海達蓋伯樂為心理劇、悲喜劇、黑色喜劇、傳奇劇、怪誕劇等等[243]，顯示其歸類的困難。這種情況也不祇是本劇，古典的分類基準到了現代，遭遇到極大的困境與窘迫，易卜生也肇始者之一。以下將分別自悲劇的人物、邏輯、情緒，悲劇觀等項目探討，是否本劇依然能稱為悲劇？又是什麼樣的悲劇？亦或者應歸為其他類別？

（一）悲劇人物

二千多年來，亞里斯多德對悲劇人物所界定的基本條件，即令不再奉為圭臬，也仍然是討論的議題，不失為出發點之一。首先從外在的社會地位談起，他說「其人必然享有名望與榮華者，若伊底普斯、底厄斯特斯，以及出生同樣顯赫門第中人。[244]」海達蓋伯樂為將軍女兒，出身貴族階層，是布爾喬亞所羨慕者，是故總是依戀過去，不肯接受下嫁身份地位改變的事實，不願扮演人妻人母的角色，強調自己一成不變，在認同泰斯曼家族上有困難。

其次，亞氏界定悲劇人物既不能是一個好人，也不能是一個壞人，而是介於中間者，既無特殊德性與公正，亦無邪惡與敗壞，寧比我們好，不比我們壞[245]。然而有如弗萊所云「亞里斯多德所用的好與壞這兩個詞是spoudaios和phaulos它們還含有重與輕這樣比喻的意義。……這人物如果是一個有個性的人的話，便是主人翁，他所作的什麼事，或他能夠做或應該做卻未完成的事，總是處於一定的水平上的。這水平是作者為他所假設的，也是讀者合乎邏輯所推測的，因此虛構的作品可分成若干類，不是從道德上，而是按主人翁行動的力量，他的力量可能比我們的大或小，或大致相同。[246]」在弗萊所分的五類虛構作品中，第三類的主人翁（hero）雖在一定程度上比其他人優越，但無法超越他所處的自然環境，亦即是說這個人物可能有權威、激情，更強過我們的表達力量，惟其所做所為既受到社會批判，也受到自然法則的限制。高模仿（High mimetic）模式的主人翁，是大多數史詩和悲劇的主人翁，基本上符合亞里斯多德的定義和觀念[247]。先師姚一葦更強調說「悲劇英雄確較吾人嚴肅、尊嚴、高貴、高尚、堅強……或冷峻、固執、殘忍、無情……[248]」亦即是從人物性格，意志強度上著眼，包括道德上的正負兩面，甚至在承受壓力，面對阻礙與衝突中所表現積極進取和消極負荷能力，是否超出常人的水平之上。現就此基礎評斷海達蓋伯樂的品性與特質：

1.自戀性及其魅力

前曾分析過海達不愛劇中任何一個男人，甚至包括未婚時的所有追求者，她的自戀性反而形成一股奇特的魅力，珍奈特李還進一步指稱朱麗亞姑媽疼惜她，視為珍寶，黛拉原本對她心懷畏懼，卻很快被她攏絡，對她推心置腹，至於僕人波爾達只有畏敬的份。海達像磁石，像漩渦，自然形成核心，劇中主腦，主人翁。

2. 制人而非受制於人

海達曾對黛拉說「我希望在一生當中至少有一次，能有力量去決定一個人的命運。」（202頁）她的一石二鳥計劃成功把羅夫博各由禁慾者變為縱慾者，燒書稿使他崩潰，贈槍令其自殺。海達雖表示不屑去控制泰斯曼，但要泰斯曼買下福克秘書的別墅使他負債纍纍，教他寫信邀請羅夫博各來家中做客，不能說出焚稿之事等等，稍假辭色就讓泰斯曼欣喜若狂，其實她已完全操控了他。海達向布拉克賣弄風情激起他想造成三角關係的企圖，以致布拉克想利用羅夫博各死時的凶器為把柄，迫海達為其情婦，或多或少都是她底性格所致，疚由自取的成分很高。而她寧死不屈，更顯示出海達不肯受制於他人的特質。至於她雖然嫁給泰斯曼卻不認同其親屬，連個稱謂也不肯讓步，可見一斑。再再說明了海達在劇中凌駕於其他人物之上。

3. 負面肯定

海達蓋伯樂在面對社會習俗、輿論、道德規範時卻是退縮的，不敢違抗逾越雷池一步，她明明嚮往淫慾放蕩狂歡之路，但只敢聽取羅夫博各的敘述，獲得偷窺，替代的滿足。因此，拒絕和羅夫博各發生婚前性行為。她與布拉克打情罵俏，默許羅夫博各對她有非份之想，雖表明並不愛她丈夫泰斯曼，但絕不做出不忠、不貞之事。對黛拉的私奔，感到震驚，甚至坦承自己在這方面是怯懦的，害怕醜聞上身。她蠱惑羅夫博各去參加狂歡派對，幻想頭戴葡萄藤葉之神祇景象，依然是要通過羅夫博各這個替身去完成。而她真正的做為是在她得知羅夫博各死於意外，且在戴安娜香閨裏很難看的死掉，一點尊嚴、神聖意味也沒有，她就決定用蓋伯樂將軍的配槍自殺，再加上她要拒絕布拉克的要脅，不做性奴隸，果真在生命的盛宴的當口，決定退席抗議，一槍打在太陽穴上，圓滿地達成她所歌頌的極大的自由、無限的美麗、死亡的禮讚。

（二）從過失、缺陷到邏輯的發展

亞里斯多德說「命運之轉變不應由不幸到幸福，反之，應從幸福到不幸。它應該不出自罪惡之結果，而是犯下重大的錯誤或過失。[249]」海達蜜月旅行回來到她自殺為止，整個動作不超過四十八小時。這個不幸的結果，幾乎都出自她個人意志的抉擇。她還破壞了艾太太與羅夫博各的關係，直接和間接地操弄了羅夫博各不幸的命運。在某種程度上凸顯了海達的自由意志轉變整個情勢，令其他劇中人物茫然不解，如墜五里霧中。除了布拉克對海達示好另有所圖外，其他劇中人物均是自然、純粹善意對待她，但海達回報的輕蔑、虛假、欺騙、無情、殘忍，惡意破壞。無怪乎當時各地首演時，一般的觀眾和新聞界不能接受她。很多的惡評往往不是針對表演或其他演出元素，而是從道德立場口筆誅伐，甚至批評家也以海達毫無理由做出破壞，邪惡之事，與莎士比亞筆下的伊阿高（Iago），馬克白或馬克白夫人（Macbeth or Lady Macbeth），克利奧佩特拉（Celopatra）相提並論[250]。從而海達不祇是犯下重大的錯誤和過失，應為此負責，而且是邪惡的（evil）。嚴格來說，海達之死，自殺的動機不是什麼道德良心的譴責，對焚稿，鼓勵羅夫博各自殺，並不承認犯錯，甚至以羅夫博各未能達成偉大的任務、美麗境界深感遺憾，所以要靠自己來完成死亡之旅。換言之，她認為人生根本不值得一活，何不漂漂亮亮地走了，不留下任何註腳。猶有進者，海達選擇自裁也不全然是個形而上的焦慮的問題，她痛苦不安的徵候，突出其來克制不了破壞性衝動，蓄意毀滅羅夫博各的種種作為，包括她的自殺皆出自她的人格特質，所謂衰滅併合症所造成的悲劇結果。當悲劇形成的原因建立在人物性格上的弱點時，對整個戲劇的動作的發展，情節進行的邏輯，提供了必然性的因素，也常稱之為悲劇的缺陷（tragic flaw）[251]。演繹推論出來的結局，有其不可避免性。莎翁的四大悲劇均為此類典範，海達蓋伯樂在這方面亦同。但畢竟本劇也有寫實，布爾喬亞悲劇的層面，劇中人物受到當代社會各種遊戲規則的壓力與限制，各種慾望和自由在一定的規範內獲得滿足，通常易卜生不會在一部戲劇裏揭露所有可能的衝突，表現各種不同的母題，他儘可能分開表達，這樣才會有深度[252]。海達的貴族，有閒階級的思維邏輯使得她在布爾喬亞的社會中格格不入，完全不能適應找不到出路，毫無幸福可能性。諸如她曾幻想讓泰斯曼進入政壇，卻不是她自己參政、想要養馬、雇跟班、舉行宴會，川流不息的宴客應酬，都因泰斯曼的經濟窘困而作罷。但她也沒有理財，經濟獨立的意願和做為。她在精神上抗拒生育，生理上確有可能懷孕，或終將無可避免，她畢竟不能像女性主義者，懷不懷孕可以完全自主，有自由選擇的權利。尤其是她與泰斯曼婚姻，雖祇有半年，剛蜜月旅行回來，她已經十分厭倦，無聊，常感到活不下去，但她也不敢像黛拉那樣背叛婚姻。醜聞是她最感畏懼，也是當代社會，布爾喬亞的倫理道德所不容許的，像羅夫博各的荒唐放蕩的行為，布拉克就說每個正經人家都不會讓他上門的（202頁）。而易卜生在草稿中，註記布拉克代表布爾喬亞的觀點[253]。最後的結局中，海達做布拉克的情婦，或讓布拉克說出羅夫博各的手槍是她的，都將使醜聞上身，均不合於倫理道德的符碼。使得海達根本沒有選擇，她為了維護其尊嚴與自由，自殺恐怕是最好的決定了。

無論是海達蓋伯樂的人格特質，性格上的弱點，或者是從其所處的社會環境，各種規則的限制，邏輯演繹下，其結局都有必然性，為不可避免的結果。至於劇中情節發展中所包含的偶然因素，固然對不幸的結局也有影響，或許泰南特所說的漏洞邏輯，反而增加了懸疑、緊張、吸引力[254]。

（三）悲劇的基本情緒與反諷

亞氏曾界定悲劇的情緒為哀憐與恐懼（pity and fear）[255]。它基本上市兩類性質相反，卻又併生的複雜情感。但就單一的悲劇而言，會因主人翁、情節事件的本身所產生的情緒有些差別，只是大體上不出此範圍，否則就可能不是悲劇了。珍奈特李從他自己主觀的感受說出對海達的情感態度是不哀憐她、不愛她，但也不輕視她[256]。穆勒（Herbert J.Muller）說「易卜生的海達蓋伯樂是另一部力作，一個神經的、掠奪性的女人的真實探究，她毀滅其情人和她自己，但是它作為一部偉大的悲劇，對我來說似乎不太正常和非常恐怖。[257]」他們兩位對海達蓋伯樂的情緒反應幾乎都排除了哀憐（pity）的成分，原因為何？按照亞里斯多德的說法「由於某人落入不應得之不幸而喚起哀憐，並由於我們認識到某人如同我們自己卻遭受此不幸而引發恐懼。[258]」是故，當我們見到海達犯下重大錯誤或過失，疚由自取，應負其責，甚至是邪惡、無情、殘忍的。自然不易引起哀憐一類的情感，但海達精神上或心理上痛苦、折磨，自殺等等受難（suffering）[259]的景象，是否也會引起一些同情、憐憫？！而海達蓋伯樂人格特質中的自戀性、戀父情節（Electra

Complex）、破壞慾、自毀的衝動、求死的本能，絕非她所獨有，而是人性中幽暗神秘的一面，為全人類所共有。是故易卜生所創造者為極端強烈的典型、或病患，而我們與其比較則症狀輕微，程度有別。當我們在她身上認識到自己的問題，自然感到悚然驚懼。然而海達蓋伯樂不全然是古典悲劇，所引起的情緒反應也有變異，海恩（T.K. Henn）就說「我認為如果有可能，應該建立一種諷刺的悲劇類型，不如真正的悲劇那樣深刻，尚未達到淨化的嚴格價值，海達蓋伯樂應是經典的例證。……諷刺性元素見於設計的大小層面，通過與他人互動中逐漸揭露海達的性格，在她自己做戲的手法中不斷地反打到她，以作法自斃為結局，死亡沒有帶來和解，完全沒有反應來挽回我們對其人物的興趣，所有的毀滅終究成空，演戲或者是說於人於己都起不了什麼作用，因為它需要的描述有限或諷刺的悲劇，以致缺乏廣度和深度。其最後的評斷是布拉克法官的退場辭‘人不會做那樣的事’，反證了我們內在的認知[260]。」誠然，古典悲劇傳統的戲劇類型或虛構作品的模式，到了現代總有不適用、混合、變異的情形出現。海達的自戀、高傲、懷舊不認同布爾喬亞世界的平凡、無趣，再加上其陽性特質厭惡人妻人母的角色，以致她與週遭的人事都刻意保持距離。其疏離、疑懼、敵視的態度，對其他人都採取了輕蔑、諷刺、嘲弄的調子（ironic tone），綜觀全劇在其言行舉止中處處可見，前已略論其笑容，請復按。當海達一石二鳥計劃成功地破壞了艾太太與羅夫博各的伙伴關係，羅夫博各參加狂歡派對遺失稿件崩潰，海達贈槍給他自殺，焚稿後，乍聽到布拉克的謊稱羅夫博各子彈穿胸，性命垂危，海達十分亢奮，真以為她決定了一個人的命運。但在布拉克第二次的敘述帶來急轉，並發現羅夫博各的死亡真相，完全絕望。甚至使自己落入布拉克的掌握中，就連她一向瞧不起的丈夫，也因滿懷贖罪的心情，完全專注修復羅夫博各的遺稿，和艾太太結為伙伴，把她摒棄在外。使她的破壞全然徒勞、徹底挫敗，再再形成強烈的對比，產生了深刻的反諷。海達在結尾時的戲中戲裏以模仿泰斯曼來揶喻兩人，但緊接著進入室內瘋狂地彈奏舞曲後即舉槍自殺。外表的平靜與內心的風暴呈現極度的反差效果，再加上海達的自殺震懾其他的劇中人物，泰斯曼的口頭禪更是滑稽可笑。甚至因為觀眾比劇中人物了解海達，形成多重的對比，創造了反諷的效果。觀眾或讀者還來不及累積悲劇性的情感，就已落幕結束，都不合乎悲劇的韻律。

（四）悲劇觀

耶斯泰德（Vigdis Ystad）指出易卜生與齊克果（Søren Kierkegaard）的悲劇概念明顯相似，有許多共通之處。雖然詩人與哲學家運用不同媒介來表達，在知與感的層次有別，惟此現象絕非偶然，甚至認為易卜生是直接受到齊克果影響[261]。即令所言屬實，但詩人在表現其思想意念時是通過其戲劇動作或故事來呈現，我們所能分析掌握者也捨此之外別無他途。劇中每個重要人物可能只具現悲劇觀的一部份或落實在某一個層面，如果只抓住一個人物加以闡釋必然犯下以偏概全的謬誤，見樹不見林。海達依戀過去就像泰斯曼的中世紀家庭手工業的歷史研究，嚮往持續過著貴族，有閒階級的生活，卻落得空有別墅，佈置貼心的內室、懸掛將軍的畫像、玩槍打發無聊時光而已。毫無實質實內容，以致她在失樂園後極力找刺激。偶然發現黛拉與羅夫博各可能另有隱私，開始進行一石二鳥的計劃，引發了三人之間自覺與不自覺的衝突，箇中的變化過程即此劇動作的核心部份。海達人格特質中的衰滅併合症狀都浮現出來，同時也讓我們得知她對情慾放縱之渴望，以頭上飄著葡萄藤葉為象徵。即令她是戴神的女信徒，卻只敢蠱惑羅夫博各參與狂歡儀式，她底怯懦因其畏懼守舊，封閉的社會道德的批判，而表現出高度理性和自制，但被囚禁的靈魂（imprisoned soul）[262]，還是衝破牢籠。匿稿令羅夫博各瘋狂、贈槍、焚稿把黛拉和羅夫博各的孩子，片片化為灰燼，由替罪之羊完成了獻祭的儀式。是故在海達聽到羅夫博各即將死亡時流露出狂喜，雖說羅夫博各只是她的替身，他者（other），海達卻從中獲得極大的自由感，自以為決定一個人的命運，戰勝了環境中其他人們所執著的價值。但這個短暫的幻覺，立即被死亡的真相所摧毀，在布爾喬亞平凡無趣的社會中，再也沒有什麼神聖可言。無論是戴昂尼索斯、阿波羅、戴安娜都在去神話的前提下，變得荒謬，滑稽起來，海達的自殺亦然。雖有些寧死不屈的味道，放棄生命的自由意志表現，就像哈姆雷特“to be or not to be”的問題，已經有了解答和決定，但是她只有瘋狂的舞曲，一聲槍響，什麼話也沒留下。既無福廷布拉斯的禮讚，也無何瑞修來訴說她的故事[263]。其他劇中人只有震驚，難以置信。這個秋天的神話裏，荒原地上無法生育的女主角穿著黑衣，眼看枯萎、孤寂、憂鬱、瘋狂[264]。她與人疏離使得主體與客觀世界永遠存在著不可逾越的鴻溝，橫亙著一堵荒謬的圍牆[265]。這個變種悲劇，以反諷的方式說出。

不過，這部戲劇中也還有另外一面積極性的意義，海達的不幸，是由於她的負面人格所造成，她的衰滅併合症，使她的生命力不斷萎縮，破壞而亡。但是，艾太太與羅夫博各做夥，相愛，創造了鉅著，使他們的生命的領域擴大，他們的孩子代表未來的期待和希望。海達與黛拉之爭也多少意味著毀滅性和創造性的愛情的消長與變化，而遺稿的重建，是黛拉與泰斯曼的結合，泰斯曼走出過去的歷史，開闊了視野，迎向未來。儘管不確定有什麼偉大的跡象，但總是向前，何況還有個肯犧牲自己奉獻給別人的朱麗亞姑媽相扶持，總是有可能的。無論從人生觀、歷史文化、神話儀式的觀點，易卜生也帶來了一些樂觀、積極、肯定的訊息。

註釋

1 戈思一本初衷讚揚易卜生的新作海達蓋伯樂尤其是其對話的簡潔，非常具有真實感。詳見Edmund Gosse, Fortnightly Review on I January 1891. 威廉阿契爾態度比較保守僅列舉惡毒的批評字眼，駁斥他們言過其實。參見William Archer, The English Reception of Hedda Gaber,“The Mausoleum of Ibsen” Fortnightly Review I July 1893。而亨利詹姆斯以一種含混、嘲諷的口吻既批評了劇本的一些缺點、疏漏之處，但說能找到駱冰絲來演就註定了易卜生會受到戲劇界的崇敬，他名損暗褒的方式，反倒使惡評的氣焰降低不少。詳見Henry James, “On the Occasion of Hedda Gabler”1891 New Review June 1891.

2 “把易卜生的戲捧成天才的傑作全是一小撮會叫囂的傢伙搞出來的…，然而英國觀眾的口味是正確、健康的，對於空洞、虛偽的易卜生崇拜唯一要做的就是拒絕”——Standard
“易卜生博士的社會劇對有教養的觀眾無法證明其魅力，只有為數不多的崇拜者極力稱讚這些演出是舞台技術與藝術的傑作。”——Daily News
“悲觀主義可怕的夢魘……這部戲是道德上有害的一種絕對不當的逃避方式……海達的品格是用人類最污穢的激情做一種匍匐前進的方式”——Pictorial World

"我愈看易卜生，我愈不願意為他的戲劇作辯解"——London

"完全令人作嘔"——The Table

"才幾步走出病房就到解剖室，向下走一點我們就來到停屍間。那兒當下，就是易卜生留給我們的……駱冰絲小姐做的無疑就是她全心想創造的！由她的藝術技巧造成邪惡的吸引力。她幾乎抬高了犯罪，她榮耀了一個不是女人的女人。"

&c.&c.Mrs.Scott in the llustrated London News.

茲引以上數則以為佐證，詳見Christopher Innes ed., A Sourcebook on Naturalist Theatre（London and New York：Routledge, 2000）, pp.115-117.

3 A.E.Zucker, Ibsen the Master Builder（1929 New York：Farrar, 1973）, p.234.

4 Michael Myer, Ibsen（New York：Doubleday, 1971）, p.654.

5 John Northam, Ibsen: A Critical Study（Combridge University Press, 1973）, p.147.

由於不懂挪威文，僅憑中、英文譯本，實不了解Northam所謂之劇詩，究竟如何？且無法證明其論述正確與否。

6 Frode Helland, "Irony and Experience in Hedda Gabler", in Bjørn Hemmer and Vigdis Ystad,eds., Contemporary Approachers to Ibsen, Vol.8,（Oslo：Scandinavian UP, 1994）, p.99.

7 參見亞里斯多德《詩學》姚一葦譯註（台北：台灣中華民國67），頁69。

8　由於經驗的基礎本身不穩定，所作的價值判斷常有分岐，為主觀的批評的困境之源。

9　本書參考的譯本如下：

一、英文譯本

1. Rolf Fjelde. tr. Ibsen: The Complete Major Prose Plays (New York: Farrar, Strauss and Giroux, 1978).
2. James McFarlane and Jens Arup, tr. Henrik Ibsen: Four Major Plays: A Dolls House, Ghost, Hedda Gabler, The Master Builder (London: Oxford UP. 1998).
3. Dover Thrift Edition, Henrik Ibsen; Hedda Gabler (New York: Dover Publications, Inc. 1990).
4. Edmund Gosse and William Archer, tr. Henrik Ibsen: Hedda Gabler, in Seven Plays of the Modern Theater ed. Vincentwall and James Patton McCormick (Chicago: American Book Company, 1950).

二、中文譯本

1. 潘家洵譯《易卜生文集》第六卷，（北京：人民文學出版社，1995）。
2. 高天恩譯，《海達・蓋伯樂・易卜生戲劇選集》，顏元叔主編，西洋現代戲劇譯叢（台北：淡江大學出版，民國76年）。
3. 呂健忠譯《易卜生兩性關係戲劇選》（上）；《羅斯莫莊園》，《海妲・蓋柏樂》，《營造師傅》，《復甦》，（台北：左岸文化，2003）。

10 此間是以藝術的本質立論，即令是伊奧涅斯科（Ionesco）的禿頭女高音（The Bald Soprano）這個劇名表面上看去與內容似無關聯，只是個無意義的語彙（nonsense verbal）。然而伊奧涅斯科本就否定語言傳播的功用，所謂語言的悲劇，因此禿頭女高音反而切合題旨，頗具啟示。當然如從商業或其他戲劇的觀點考量，可能起了個全無關聯的劇名。

11 Henrik Ibsen, letter to Moritz Prozor 4 December 1890. Quoted in Christopher Innes ed., A Sourcebook on Naturalist Theatre （London and New York：Routledge, 2000）, p.107.

12 古典悲劇的張力集中在主角，甚至強調悲劇英雄的性格上的弱點導致不幸的結果。易卜生以海達・蓋伯樂為劇名是否也有此意？究竟是不是一部悲劇？又是什麼樣的悲劇？也正是本文所欲探討的課題之一。

13 這裡借用文化人類學的概念，認為在人的生命過程中每一個人生重要的關口（crisis）都會藉助儀式來切割，有其特殊的意涵和功能。

14 Henrik Ibsen, letter to Kristina Steen 14 January, 1891. Quoted in Christopher Innes ed., A Sourcebook on Naturalist Theatre （London and New York：Routledge, 2000）, p.107.

15 親屬稱謂不祇是口說語言的一部分，還有其社會意義，親屬稱謂系統有其邏輯的完整性、一貫性、圖解了一個民族的社會結構、習俗和宇宙觀，與社會行為態度的體系相關連，而親屬關係可能從血緣、婚姻、繼嗣關係中建立。海達．蓋伯樂既嫁給喬治．泰斯曼，朱麗亞姑媽變成海達的姑媽，一家人一樣的親暱，而海達．蓋伯樂卻不認同，硬要分開，只願在禮貌上稱呼她姑媽，以示尊敬。海達的這種堅持、疏離、分裂的態度，顯然與社會的禮俗不合，也流露其心理的矛盾、衝突與掙扎。有關親屬稱謂與社會結構、文化的意義。請參閱Levi-Strauss, Les Structures Elementaires de la Parente, Paris：Plou.1949；E.R. Leach, Concerning Tro clans and the Kinship Category Tabu. In J.Goody, ed., The Developmental Cycle of Domestic Groups. Cambridge papers in social Anthropology. I（London：Cambridge U.P.1959）；see also R.M. Kissing, Kin Groups and Social Structure （New York：Holt, Rinehart and Winston,1975）.

16 海達．蓋伯樂1891四月在倫敦演出，惡評如潮，其中有"...Miss Elizabeth Robins has done what no doubt she fully intended to do! She has made vice attractive by her art. She has almost ennobled crime. She has glorified an unwomanly woman" Mr. C. Scott in the llustrated London News. Quoted in Christopher Innes ed., A Sourcebook on Naturalist Theatre （London and New York：Routledge, 2000）, p.116.

17 參閱C.G.Jung, Psycholical Type中譯本，吳康等人譯（台北；桂冠1989），第11章定義，48條。

18 呂健忠：《易卜生兩性關係戲劇選》（上）（台北：左岸，民國92年），譯注10，頁414。

19 同前註，見該書譯注20，頁416。

20 克拉區（Joseph Wood Kruth）認為海達是變態心理學中的一類個案史。海達蓋伯樂預示了佛洛伊德（S. Freud）的發生，至少提早了十年，也為後來的超現實主義關啟一扇門。詳見Joseph Wood Kruth, Modernism in Modern Drama（New York: Cornell University Press, 1966）, pp.19-20.

21 同註18，見該書譯注1，頁412。

22 John Northam, Ibsen's Dramatic Method (London: Faber, 1948), Hedda Gabler, pp.147-171. Rpt. in Charles R. Lyons ed., Critical Essays on Henrik Ibsen (Boston: G. K. Hall & Co., 1987) , p.193.

23 同註18，見該書譯注1，頁412。

24 同註18，見該書譯注25，頁416-417。

25 同註18，見該書譯注32，頁417。

26 同註24。

27 Errol Durbach, Ibsen The Romantic (Athens: The University of Georgia Press, 1982) , p.43.

28 Ibid, pp.49-50.

29 通常把一個劇本中用台詞說出的部分稱為主文（primary text），其他部分名為副冊（secondary text）包括"the title of play, the inscriptions, dedications and prefaces, the dramatis personae, announcements of act and scene,

stage directions, whether applicable to scenery or action, and the identification of the speaker of a particular speech. Cf. Manfred Pfister. The Theory and Analysis of Drama trans. John Halliday （New York：Cambridge UP.1994）, pp.13-15.

30 Henrik Ibsen, letter to Edmund Gosse 8 January 1874. Quoted Christopher Innes ed., A Sourcebook on Naturalist Theatre （London and New York：Rout ledge 2000）, p.75.

31 Cf.P.F.D. Tennant, Ibsen's Dramatic Technique （New York；Humanities Press, 1965）, pp.60-62.

32 易卜生于1851年到柏金劇場任職後，為了要勝任複雜舞台管理工作，在1852年4月15日離開柏金劇場到歐洲參訪學習，主要是丹麥的哥本哈根（Copenhagen）和德國的一些劇場，九月返國工作，從他與友人的通信中述及學習的心得，收穫良多。

33 Cf.P.F.D. Tennant, Ibsen's Dramatic Technique （New York：Humanties Press,1965）, p.63 .

34 "So for The wild Duck in 1884, he instructs Lindberg （director）：...the lighting too, has its significance； it differs from act to act and is calculated to correspond to the basic mood that characterized each of the five acts. ...." Quoted in Christopher Innes ed., A Sourcebook on Naturalist Theatre （London and New York：Routledge 2000）, pp.76-77.

35 Cf.P.F.D. Tennant, Ibsen's Dramatic Technique(New York：Humanities Press1965）, pp.71-74.

36 See E.T.Hall, The Silent Language, (New York：Doubleday & Company Inc.1959).

37 此處爰引麥克魯漢的主張人類發明任何媒介都造成一種延伸，衣服與房屋是皮膚與控熱器官的延伸，也都是傳播媒介。詳見於Marshall McLuhan, Understanding Media （Mc Graw-Hill Book Co.1964），中譯本，葉明德（台北，巨流，民國67年）頁111-117。舞台的場景有類於現實世界的房子，既代表劇中人生活的空間，當然也傳播了人物性格的資訊和意義。

38 海達儘量與人保持距離，做個旁觀者，怕牽涉在內醜聞上身，凡事不參與為原則。甚至是冷漠、倦怠、沒有興趣做什麼，為其人格一層面，卻也很近乎荷妮所指出的解決衝突的第三種模式以退卻來尋求自由。詳見於Karen Horney, Neurosis and Human Growth（New York：Norton, 1950）, Ch.11.

39 See Erich.Fromm, The Anatomy of Human Destructiveness（Pimlico 1973）, Ch.12.

40 該講詞中譯者劉開華，經輯入《易卜生文集》（北京：人民文學, 1995）卷八，頁234。

41 See Gail Finney, Women in Modern Drama （Ithaca and London：Cornell UP.1991）, p.149。並請參見易卜生的傀儡家庭的寫作觀點「其為兩種精神的法律，兩種良心，一

存於男人，另一個則在女人，全不相同。他們互不了解；但在現實生活中，是用男人的法律來審判女人，就好像她不是女人而是男人。」Notes for Modern Tragedy the works of Henrik Ibsen, New York 1912 Trans. A.G. Chater. In A Sourcebook on Naturalist theatre ed. Christopher Innes (hondon and New York: Routledge, 2000), p.79.

42 See Elizabeth Robins, On playing Hedda Gabler Ibsen and Actress（New York: Haskell House, 1973）.

43 海達・蓋伯樂是否懷孕本來是個事實認定的問題，但因無客觀證據和徵候，於是全靠海達的宣示，或他人的臆測或揣想，海達由否認到暗示有孕，那麼海達不是先前就是後來說謊，為什麼？原因何在？如果海達暗示有孕是為了讓泰斯曼不要說出她焚毀手稿的真相，其動機和手段都可議可鄙。反之，海達有孕只是不肯承認，不願接受一個既存的事實。一個屬於倫理學的範圍，另一個則是心理學的課題。

44 Janet Suzman, 〝Hedda Gabler：The play in Performance〞 in Ibsen and the Theatre：The Dramatist in production, ed. Errol Durbach（New York：New York UP., 1980）, p.89.

45 Gail Finney：Woman in Modern Drama（Ithaca and London：Cornell UP., 1991）, p.156.

46 朵伊契（H.Deutsch）對女性害怕或厭惡懷孕可能的原因，歸為下列幾種：一是怕女兒對母親特質的厭惡，會招致母親的報復；二是對母親，或者丈夫過度依賴，感覺自己仍像個孩子，所以，對自己成為母親毫無信心；三是直覺認為丈夫需要自己像母親一樣照顧，以至無法分心懷孕生子；四是因為她們的男性特質讓她拒絕成為母親；五是因為情緒上的虛弱或空乏，無法成懷孕和為人母的嚴酷考驗。海達應屬於第四種情況。詳見於Deutsch, H. The Psychology of Women, Vol.2：Motherhood,（New York：Grune & Stratton, 1945）P.320. 惟此處係參照Janet Sayers, Mothers of Psychoanalysis：Helene Deutsch,Karen Horney, Anna Freud, Melanie Klein. 中譯本劉慧卿（台北：心靈工坊 2001）頁128-129。

47 喬治・泰斯曼是由其朱麗亞姑媽（兼具雙親的角色）撫育長大，家庭生活中與雷娜姑媽，波爾達等三個女人相處，耳濡目染自然也有幾分婆婆媽媽，講話沒事就帶個啊哈？（Eh86次）或大驚小怪地說：不可思議（fancy that！19次）關於男性中女人氣的問題，或如榮格所謂的阿尼瑪（anima）。

48 關於良母之意象（good mother image） See C.G.Jung, M.L. von Franz, J.L. Henderson, and Jacobi, A, Jaffe. Man and His Symbols（London：Aldus Book, 1961）. 中譯本龔卓軍（台北：立緒民88），頁220-222。

49 關於凡勃倫（Veblen）的有閒階級論點歸納如下：

一、係自經濟的觀點切入，認為有閒階級脫離生產工作或從事非生產的工作，諸如戰爭、政治、宗教、藝術、學術、運動等活動。把使用體力勞動或生產工作或同謀生有直接關係的工作交給低下階層。自掠奪文化時期開始到封建社會裏得到充分的發展，並延續或遺留於現代。

二、他們創造或累積財富的動機和目的是要力爭上游，勝過別人，獵取榮譽，贏得同儕的羨嫉。是故有閒並非懶惰或喜愛清靜無為，而是要證明給別人看，他們有足夠的財富，不必生產勞動就能安閒過日子。進而炫耀財富建立制度，發展出品級、頭銜、爵位、徽章等符號來顯示，並表現於日常生活的言行舉止合度之禮儀與氣質。而這些教養是需要大筆的花費才能訓練出來。其次，妻妾、奴僕的人數、等級和分工，是財富的證明和判斷的依據，例如將奴僕分成勞動生產和服務侍應，後者高於前者，服務的技術需要金錢來培育，故難度愈高的技術，就愈發證明主人的財力雄厚。

三、有閒階級擴大，衍生至主婦及其家庭成員為代理有閒階級、代理消費。在飲食、衣著、住宅、傢俱、園林、花草等各方面的花費，講究精緻、稀有特殊，昂貴代表其身分、地位和榮譽。當然物品的美感與榮耀也常混合在一起。甚至酒和麻醉等刺激品的享用亦在其列，豪華的宴會，殷勤的接待，禮物的餽贈，自然是炫耀、誇富的時機和場合。再其次，武勇乃是古老傳統的殘存，武器設備的精美不在話下。而豢養的寵物，則以獵犬和駿馬為先。因為獵犬是打獵所用，能喚起掠奪性衝動的光榮傳統。駿馬價格高，訓練花費大，不用作勞動生產，競賽中獲勝得到榮譽。人們對於有關的各種對象，往往是由經濟、道義、審美、榮譽等各方面構成他的價值判斷。隨著社會財富、文化上的進展，證明其支付的能力、方式愈來愈精緻、巧妙。同樣作為一個觀察者也需要更高明、精確的判斷。而海達為蓋伯樂將軍的女兒，係貴族代理有閒階級，故與泰斯曼結婚前約定的生活方式和內容：雇侍從跟班、買馬、買鋼琴、舉行宴會接待客人等等，希望保有過去的光榮不變。而泰斯曼本是中產階級，沒有能力支付那樣的花費。如果從此觀點分析海達的態度和心理，他寧願隸屬父親和丈夫的家庭成員和階級，最多是想讓泰斯曼棄學從政（174頁），並未去做。再有就是玩玩槍。實在不具女性主義者所堅持的獨立和平等的精神和意義。詳見Thorstein Veblen, The Thoery of the Leisure Class（1899, New York: Sentry, 1965），中譯本蔡受百譯（北京：商務，1981），第2、3、4、7等章節。

50 See note 41.P.163, 又按易卜生的時代，挪威沒有多少歐洲所謂的貴族。領導階層主要公務員包括行政，高階的軍官，甚至大學教授，公立學校教師和教會中有職司的神職人員。是故泰斯曼把所有許諾給海達生活願景，都寄託在大學教授的職位上，有關當時社會環境與背景，Cf.Edward Beyer, The Man and His Work （1973）中譯本，杜若洲（台北，中華日報1977）頁2-5。

51 See notes 41, p.159.

52 Quoted in Helene Cixous and Catherine Clement, The Newly Born Woman, Trans, Betsy Wing（Minneapolis：

Univ, of Minnesota Press 1986）, p.8,56.

53 見第一幕頁113的舞台指示，第四幕頁231海達穿著黑衣，在黑漆漆的房間裡踱來踱去，也很類似。只不過第一幕她是用力拉開玻璃門的垂簾，凝望外面枯黃的秋葉，而第四幕是掀開的程度略有差別，惟少有專家將其並列討論。

54 關於海達的厭倦感，常覺活不下，至少表達三次，見頁163,175,238。是否視為歇斯底里亞（hysteria）的症狀，尚有斟酌之處，下文也會再論。

55 "Ibsen depicts Hedda's mild hysteria as the reaction to her entrapment in the female roles to which she is unsuited, epitomized by her unwanted pregnancy； careful analysis of the text reveals that the stage directions describing the gestures of nervousness or suffocation nearly always follow indirect references to her incipient maternity.," See in Gail Finney, Woman in Modern Drama（Ithaca and London：Cornel UP., 1911）, P.161.但據佛洛伊德的說法"歇斯底里代表著一種掙扎，其力量來自性衝動，見《性學三論，愛情心理學》中譯本（台北，志文 民國60年）頁43。換言之海達的潛意識有著十分強烈的性衝動，渴望參與狂歡派對，所謂"頭上飄著葡萄藤葉"或酒神祭，（下文再議論）但意識或超我卻極端厭惡，拒斥性交，甚至與其有關或具暗示性的懷孕話題。不惜拿槍捍衛拒絕羅夫博各的求歡，警告布拉克寧可自殺拒做情婦。強調雖不愛泰斯曼，但不背叛，做不忠之事。

56 “男子的生殖器官（male genitals）在夢中以多種被稱為象徵的方式出現，這裏比擬中的共同成分是很清楚的。其象徵首要是形狀相似的東西；可以是長形直立之物，也可以是有穿刺性和傷害性的東西。另外，很顯然男性器官的象徵可以是鉛筆、筆杆、指甲銼刀、錘子以及其他器具。”引自《佛洛伊德文集》卷三〈精神分析引論〉第10講中譯本車文博主編（北京、長春1998），頁225-226。

57 See Gail Finney, Woman in Modern Drama （Ithaca and London：Cornell UP. 1911）, pp.153-154.

58 希臘神話中的繆司女神（muse）為文藝的守護神，柏拉圖（Plato）斷言詩人之創作憑藉靈感（inspiration）在迷狂狀態下代神說話或作詩，而且靈感像磁石，能吸引鐵環，並傳給其他鐵環，牽成鐵鏈，換言之，繆司給詩人靈感吸引觀眾，發揮詩之功能，詳見伊安（Ion 533E.）和費德羅斯（Phzadrus245A）等篇。

59 Michael Meyer, Ibsen (New York：Doubleday, 1971), p.646.

60 Ibid.泰斯曼買下福克秘書的別墅（Secretary Falk Villa）為新居同名的巧合，或許也可視為易卜生有意無意間留下的線索。

61 Cf.Halvdan Koht's introduction to Hedda Gabler in C.E. XI.279.

62 See notes 59.

63 See notes 59. pp.646-647.

64 August Strindberg letter to karl Nordström on 4 March 1891. Quoted in Michael Meyer, Ibsen （New York：

Doubleday, 1971）, p.648.

65 See note 59. p.647.

66 See Michael Myer, Ibsen（New York：Doubleday 1971）pp647-648. Cf.Halvdan Koht, Life of Ibsen, trans. Einar Haugen and A.E. Santaniello （New York：Blom 1971）, p.398.考特（Koht）認為海達蓋伯樂取材於易卜生在慕尼黑（Munich）所結識的一位女性愛兒波格（Alberg）伊之名諱與蓋伯樂（Gabler）字母相同拚法略加變動而已。她服毒自殺與海達舉槍自盡也是大同小異。

67 See Michael Meyer, Ibsen（New York：Doubleday 1971）, p.647.

68 Ibid.,

69 Ibid.,

70 Ibid, pp31-32. Cf.Jeffrey Hatcher, The Art Craft of Play-writing （Ohio：Story Press, 1996）, pp.155-158.

71 Cf.Michael Meyer, Ibsen （New York：Doubleday 1971）, p.648.

72 Ibid., p.628.

73 Quoted in Christopher Inns ed., A Sourcebook on Naturalist Theatre（London and New York, Routledge 2000）p.115.

74 Ibid.,

75 Quoted in Michael Meyer, Ibsen（New York：Doubleday 1971）, p.632.

76 Ibid.,

77 Ibid., p633.

78 佛洛伊德雖在1900年所發表的《夢的解析》中談到有關夢見親人死亡的問題。但對死亡的本能定位，與愛欲本能併立，以及由死亡本能所引發之攻擊、破壞、毀滅、殘忍、自戀種種行為的關聯性，甚至是討人類文明構成威脅，提出清晰的概念和系統性的說明，則見於1930所刊之《文明及其缺憾》。1933年在給愛因斯坦回信中，也以此概念解釋〈為什麼有戰爭〉。

79 此處爰引佛洛伊德對人類心理結構的描述，運作及衝突的概念。認為人類的潛意識或本我存在各種本能，衝動、慾望、受快樂原則的支配，尋找實踐的機會和出口，它們甚至相互矛盾，傷害個體本身也有可能；超我或良心來自父母師長等社會媒介教誨所致，遵循的是道德原則；於是兩者都會帶給自我緊張、壓力，形成焦慮不安和痛苦的情緒，而自我則依據現實原則考量。詳見佛洛伊德《精神分析引論續編、心理人格的剖析》。

80 弗洛姆指出痼疾性的沮喪——厭倦，往往是激發侵犯與破壞行為的重大原因。而刺激與厭倦有密切關係，如果有人對通常的刺激都無法引起興奮，即具病態。他／她自己有的敏銳地察覺到自身的精神狀態，有的則不然。具有這種性格傾向的人，往往缺乏生氣，彷彿他裡面有什麼東西已經死掉，與人斷了關係，極可能毫不考慮承認自己覺得厭倦，但不承認自己叫人厭倦。詳見Erich Fromm, The Anatomy of Human Destructiveness（Pimlico：Random House, 1997）, pp.325-331.

81 Ibid., p.336.

82 戴昂尼索斯（Dionysus）係宙斯與塞密爾（Semele）人神產物。相傳祂曾被海盜擄獲，自行解脫鐐銬，船桅四週長出常春藤，使跳下去的海盜變成海豚。祂在歐亞各地教人種葡萄和釀酒，成為人們禮讚的酒神，並以葡萄作為象徵。故海達再再提起的酒酣耳熱之際，神采奕奕頭戴葡萄藤葉，雖未言明言，應有此指。其次，戴昂尼索斯又名巴科斯（Bacchus）其伴隨旅遊者為三位美慧女神或酒神狂女，參與狂歡祭典者，均為女信徒。此一奧秘事象（mysteries）所提供的象徵，多涉及雌雄同體（androgynous）陰陽合一的神通，因而祂也是了解動植物奧秘的啟蒙導師。參與祭儀式祈求找到一個竅門，讓自己出神進入動物本性，體驗大地之母（earth mother），孕育萬物，涵養萬物的完整力量。在儀式的進行過程中，酒扮演渡過儀式的觸媒，引導受啟蒙者進入被嚴密護持的自然奧秘中，而此奧秘的本質表現在情慾滿足的象徵上。（Carl G.Jung, Man and His Symbol, 中譯本龔卓軍，台北：立緒 民國88年，頁159-161）由於酒神的狂野性質，引起諸多反對禁止。正如優里匹地蒂（Euripides 485B.C-407B.C.）所撰之戴神女信徒（The Bacchae），底比斯王潘修斯（Pentheus）因禁止舉行此種狂歡縱酒的儀典，觸怒酒神，讓太后愛嘉芙（Agave）為首的女信徒，在痴醉中產生幻覺把潘修斯當作野獸肢解。而海達蠱惑羅夫博各參加狂歡派對，失去手稿，鬥毆被捕，名譽盡失，甚至意外死亡。若將兩劇的基本模式比較，艾嘉芙／潘修斯與海達/羅夫博各，雖在外貌和枝節上不同，但其角色和意義仍有共通之處。復按這位以葡萄為象徵的酒神，乃植物之神，在季節的循環中呈現春生、夏長、秋收、冬藏，再生不已的生命週期。其命運注定為歡樂與悲慘的交替反覆。（參見Sir James Frazer：The Golden Bough王培基譯，台北：桂冠，民國80年，頁377-385。）羅夫博各與黛拉所完成之手稿（號稱他們的孩子），雖被海達一頁一頁丟進壁爐裏燒掉，羅夫博各也死了，但可能由黛拉和泰斯曼重新拼湊出來，亦可類比於宙斯與塞密爾所生之戴尼索斯，塞密爾死了，酒神每年被肢解，第二年又復活了（piece together）。

83 莎樂美（Salome）為王爾德（Oscar Wilde 1856-1900）之劇作，也是十九世紀末二十世紀初所流行的頹廢派（Decadents）的名著。該劇取材於聖經，莎樂美在希律王生日時獻舞於庭前，條件是答應她任何要求，結果竟要賞賜施洗者約翰（John the Baptist）的首級，不論是因她愛上約翰或為希羅蒂（Herodias），都是極為殘酷，可怕的行徑，毀滅性的愛，亦可視為妖婦的原型，與海達相比擬自有幾分相若。

84 Brian Paker, in Modern Drama, 32（1989）. Quoted in Christopher innes ed., A Sourcebook on Naturalist Theatre（London and New York：Routledge, 2000）, p.106.

85 當羅夫博各對海達作出侵犯意圖，超越友誼或所謂伙伴（comrade）時，海達用手槍來捍衛，對著羅夫博各的太陽穴，因未開槍，儀式的意味很濃，既有殺頭，更具閹割的象徵意義。

86 See Erich Fromm, The Anatomy of Human Destructiveness（Pimlico：Random House, 1973）, pp.264-268 and p.294.

87 Ibid., p.361.

88 Ibid., 嚴格說來兩種類型都有涉及性行為或非關性行為者之不同類別，本文所探討的全屬後者。

89 Ibid., p.487.

90 為求文氣連貫，簡明扼要就不再一一註名頁數。同時本文也參酌孟祥森先生之中譯本（台北，牧童，民國64年）頁223-245。

91 戀屍症的人會被黑暗與夜晚所吸引。見佛洛姆（E. Fromm），《人的心》（The Heart of Man）孟祥森譯（台北：有志，民國81年）頁35。

92 來自演員面部表情，姿勢動作，走位等符號所產生的效果，甚至是服裝、化妝、燈光、音效、氣氛種種來源所傳播的符號，及其結合而成的總體結果，都不同於僅憑文本，文字符號所作之論斷。

93 自古至今，論笑者多，無須多贅。此間根據笑者主觀的心理狀態，被笑的對象以及旁觀者的反應，三個基本問題來分類計數，擬另立專文討論。現僅按類型列出頁碼，以供參考指正，A型共計6次：頁154，165，166，171，183，187。B型共2次：頁151，213。C型共18次：139，141，145，148，155，158，169，171，188，192，194，195，197，206，220，221，237，255。

94 引自佛洛姆：《人類破壞性之剖析》，孟祥森譯，（台北，牧童 民國64年）頁249。

95 同前註，見該書頁264。

96 引自《佛洛伊德文集》，車文博主編（北京：長春，1997）卷5，頁304-305，並請參閱頁267。

97 See Erich Fromm, The Anatomy of Human Destructiveness（Pimlico：Random House, 1997）, P.486.

98 佛洛姆不但認為伊底普斯情結可能助長戀屍症的發生並以希特勒的童年與雙親關係為例證，支撐其論點，同前註，見該書頁500。

99 榮格（C.G.Jung）提出伊萊特拉情節（Electra Complex）同樣爰引希臘傳說之典故，意指女兒的戀父弒母之愛恨矛盾糾結叢生的情感態度與行為結果。

100 海達對於半年的蜜月旅行期間每日面對泰斯曼及其研究工作，以「永無止盡」表達其極度的厭煩。甚至泰斯曼一天到晚掛在嘴邊的姑媽、刺繡的拖鞋都抱持嘲諷，厭惡的態度。前曾述及海達的笑容裏A型共六次中，至少有三次以上是對泰斯曼或因他而發的輕蔑笑容。

101 如按古典的說法，每個男女都曾有戀母情結或戀父情結，隨年齡的成長，絕大多數的人都能掙脫固著（mother-fixated or father-fixated）找到自己的愛侶成家立室。係屬正常或良性的雙親關係，只有少數無法擺脫固著，為惡性或閉鎖的病態患者，影響其對異性的態度和婚姻生活等等。

102 海達曾對布拉克法官解釋她為何選擇嫁給泰斯曼的理由：

海　達：……再說喬治泰斯曼，無論如何你總得承認，他是個正人君子。（頁165）

海　達：……他既然誠心誠意甘冒一切危險來養活我——我實在不知道為什麼要拒絕他的奉獻？（頁166）

103 關於海達與泰斯曼的性關係是否有問題，就像海達是否懷孕？作者似乎刻意保持模稜兩可、曖昧不明，留下疑竇、想像空間：泰斯曼說海達睡得像塊石頭（頁127）。但又說她在旅行中愈來愈豐滿，現在穿衣服不大看得出來，他看得見（頁130-131）。卻被海達不耐煩地打斷說他什麼也看不見，強調她依舊一成不變（頁131）。當布拉克法官說海達再過一年總會懷孕，而海達斷然表示不會，根本沒有這種能耐，也不要那種責任（頁175）。她根據什麼來否定其可能性。所以，海達與泰斯曼之間，在性方面可能不太親密與和諧。或許關鍵是心理而非生理的因素。

104 自戀的人相信自己完美無缺，比所有的人都優秀，稟賦特異。一個自戀的人，如果被輕視，被批評，做錯事說錯話，被人挑出來，運動或遊戲被打敗，他就會十分惱怒，永遠不會忘記，往往找機會報復。詳見佛洛姆《人類破壞性之解析》，孟祥森譯（台北；牧童，民國64年）頁28。

105 參見佛洛伊德文集，車文博主編，（北京；長春，1999）卷2，頁664。

106 同前註，見該書頁653-654。

107 一個人如果在愛情上遭遇挫敗或無所寄託時，就會轉向相近的領域如怡情山水，藝術創造，宗教或其他社會服務。詳見George Santayana, The Sense of Beauty （New York：Scribner, 1939）, pp.64-65。

108 參見佛洛姆：《人的心》，孟祥森譯（台北：有志，民國81年）頁127。

109 勃蘭兌斯指出海達・蓋伯樂劇中「有幾處較小不太可能的事，比如愛爾福斯德太太竟然會隨身戴著羅夫伯各偉大作品的草稿，以及在她情人屍骨未寒時就坐下把它拼湊起來。」見喬治・伯蘭兌斯（George Brandes）：〈第三印象〉1898經輯入《易卜生評論集》（北京：外語教學與研究，1982）但我以為艾太太既已決定離家出走，不再回去，只要跟羅夫博各在一起（頁147）。她把那些稿子視為有生命的孩子，最珍貴的東西，留著又帶在身邊，反而是非常自然合理的安排，倒是第二點是比較正確的評斷。

110 在此引用李漁的主腦說「古人作文一篇，定有一篇之主腦，主腦非他，即作者立言之本意也。傳奇亦然，一本戲中，有無數人名，究竟俱屬陪賓，原其初心，止為一人而設，即此一人之身，自始自終，離合悲歡，中具無限情由，無窮關目，究竟具屬衍文，原其初心，只為一事而設，此一人一事，即作傳奇之主腦也。」見李漁：《閒情偶寄》（台北：淡江，民國50年）而本文所關注的不祇是主腦與陪賓關係，還探討存在人物間的類似與對比。

111 See Derek Russell Davis. “Gregers as Hjalmar’s Other Self, Eilert as Hedda’s” in Contemporary Approaches to Ibsen Vol.7（Oslo：Norwegian UP., 1991）, p.161.

112 Ibid., Cf. also P.F.D. Tennant, Ibsen's Dramatic Technique（New York Humanilies Press, 1965）, p.17.

113 Quoted in Joan Templeton, Ibsen's Woman（Cambridge UP., 1997）, p.209.

114 Jens Arup："On Hedda Gabler."Orbis Litterarum 12（1957）, p.28.

115 Cf. Harley Olton：Mythic Patterns in Ibsens Last Plays （Minneapolis：University of Minnesota Press, 1970）, p.82.

116 戴維斯認為兩個人物如果他們大致相同就可能被處理成雙，如果他們不同，則為互補。一個被描繪成此我，另一個就當第二或彼我，此我與彼我的類似與不同都會產成強烈的印象。惟此彼我在作為一個人時常常流於不完整，尤其是在本文中不完整，演出時由演員填充使他超過了一個影子似的幽靈人物。詳細內涵參見Derek Russell Davis,” Gregers as Hjalmar's other Self, Eilert as Hedda's" in Countemporary Approaches to Ibsen Vol.7（Oslo：Nowegian UP., 1991）, pp.161-162.

117 固然海達不願招惹是非，畏懼醜聞纏身，但更重要的是因為羅夫博各為海達陽性特質的投射，所希冀的做為、放縱情慾的彼我，如果要殺死他，豈不是也要殺死她自己。或者海達的此我為拘謹的禁慾主義者，甚至厭惡性愛，惟其彼我則代表自由，縱慾者，兩者互相矛盾故舉槍對準羅夫博各的太陽穴而不發。

118 D.R. Davis, “Gregers as Hjlmar’s other Self, Eilert as Hedda’s” in Contemproary Approaches Ibsen Vol.7（Oslo：Norwegian UP., 1991）, p.168.

119 郝斯特認為羅夫博各代表海達的彼我，不具十足地生命不夠完整，本人並不認同，儘管羅夫博各或許不像海達那樣複雜，不易理解，但比起其他劇中人物更為堅實、豐富、有個性。Cf. Else Host, Hedda Gabler（Oslo：Aschehouge, 1958）, p.197。

120 由於羅夫博各酒色過度的特徵，布萊德布魯克稱其為易卜生心目中所貶謫的戴昂尼索斯（debased Dionysus）. See Muriel Bradbrook, Ibsen the Norwegian （London：Chatto and Windus, 1966）, p.117。

121 羅夫博各之不幸，固然包括不少意外偶然的因素：如手稿的遺失，泰斯曼拾獲卻因蕾娜姑媽的病危訊息，以致落入海達的手中遭燒毀，因手槍走火而喪生等，但是其意志不堅，衝動的性格弱點才是悲劇的主因，至少導致不幸，除了外在的因素，也有內在的原因和邏輯。

122 關於羅夫博各的著作內容與價值究竟為何？易卜生著墨不多，讀者或觀眾不甚了了。事實上也很難處理到讓人明白又不致枯燥的境界。是故易卜生通過其所設定的專家泰斯曼的批評和讚美，來肯定羅夫博各著作的價值，亦即經由推理方式得知。

123 葉公語孔子曰「吾黨有直躬者，其父攘羊而子證之。」孔子曰吾黨之直者異於是，父為子隱，子為父隱，直在其中矣。」《論語‧子路第十三》同理夫妻為重要的人倫關係，即令妻子犯罪也不應由丈夫舉發。反之，要求不近情理，矯情不合人性與倫理精神，至少是個非常有爭議道德問題。

124 海達為了探聽艾太太與羅夫博各是否有曖昧關係，要求泰斯曼寫信要求羅夫博各來家裏作客，海達偽稱不要別人遮住泰斯曼的光彩而焚毀手稿，甚至可能謊稱懷孕；羅夫博各根本不屑跟泰斯曼爭什麼教授職位，泰斯曼不察，欣喜若狂的表示朱麗亞姑媽說的對，羅夫博各不會成為絆腳石（p.183）；布拉克接近海達是為了建立三角關係的畸戀，泰斯曼完全矇懂無知，甚至在布拉克以手槍在羅夫博各那裏，海達有可能被捲入醜聞來威脅海達為情婦時，泰斯曼還一個勁兒地託布拉克陪伴海達（p.256）。凡此種種都強烈地顯示出泰斯曼的過度單純和輕信與其他人的複雜深沉和詭詐之間形成強烈的對比。原本也可能成為悲劇中的犧牲者（victim）的角色，但因其並未受苦（suffering），反而造就了笑聲，變成了接近滑稽喜劇性人物。

125 Cf. John Howard Lawson, Theory and Technique of Playwriting and Screenwriting（New York：G.P. Putuams' Son, 1949）, pp.289-290.

126 羅夫博各放蕩不羈，沉迷酒色，在道德上有瑕疵，但也沒有真正重大的邪惡敗德的行為，他的死亡雖出於意外，深究起來，總因遺失手稿而生，一時疏忽和海達之故意，竟然喪生，多少都會激起一些哀憐與恐懼（pity and fear）的情緒反應，或者說大致屬於悲劇的情緒效果。

127 Cf. Erich Fromm, The Anatomy of Human Destructiveness

（Pilmico：Random House, 1997）, pp.380-395.

128 勞遜從技術面指出類似的結論：「海達的絕望是她知道在這世界上無疑地存在那麼多幸福的機會，但自己無法發現它們」，「而海達的自殺必須是她確定無法找到幸福後的結果，因此動作每一分鐘都必須用來增強她的挫折，和絕望的情緒。」見John Howard Lawson, The Theory and Technique of Playwriting and Screenwriting（New York：G.P.Putuam's Son, 1949）, p.241.

129 一般人通過各種方式顯露自己的人格，而藝術家更經由藝術品的現示，有自覺地表現，也有不自覺地洩露出其人格或生命中不同的層面。而一個藝術家必須信守嚴肅真誠的態度來表現其作品，也唯有如此才可能偉大。詳見姚一葦：《藝術的奧秘》（台北：開明，民國68年）頁58-62。

130 Derek Russel Davis, "Gregers as Hjalmar's Other Self, Eilertas Hedda's" in Contemporary Approaches to Ibsen（Oslo：Norwegian UP.,1997）, p.165.

131 佛洛姆曾指出邱吉爾（Churchill）在二次大戰期間，於北非吃午餐時，拚命打蒼蠅，吃完後他把打死的蒼蠅收集起來，排成一隊，就像貴族出獵一樣，其助手也幫忙把獵物排在面前取悅於他，具有戀屍傾向（necrophilous trend），但誰也不能否認其創造能力。見The Anatomy of Human Destructiveness（Pilmico：Random House 1997）, pp.448-449。同樣地佛洛姆認為榮格也有強烈的戀屍傾向，但他「是一個非常有創造性的人，而創造正是戀屍性對立的一面。他用他對醫療的願望與能力來平衡他的滅性力量。並將他對過去，死去與毀滅的興趣做為他傑出思維的主題，由此在自身中解決了這個紛爭。」見佛洛姆：《人的心》孟祥森譯（台北；有志，民國81年）頁39。

132 See notes 118, p.166.

133 參見哈洛・卜倫（Harold Bloom）：《如何讀西方正典》，余正偉、傅士珍、李永平、郭強生、蘇榕譯。（台北；時報，民國91年）頁357-358。

134 關於陰性特質之正、負兩面，或四個發展階段，請參閱榮格（Carl G. Jung）等合著之《人及其象徵》（台北：立緒，民國88年）頁212-213。

135 此處爰引邏輯學上的內涵與外延兩個專業術語，在舞台上實際呈現的各幕各場動作進行的部分，稱之為戲劇的內涵，而其所牽涉的社會背景和意義，可稱為戲劇的外延。詳見John Howard Lawson, Theory and Technique of Playwriting and Screenwriting（New York：G.P. Putnam's Sons, 1949）. 中譯本：鄧牧君，齊雷（北京；中國電影出版社, 1997）, 頁272-273。

136 Cf.Oscar Brocket, The History of theatre（Boston: Allynand Bacon Seventh Edition, 1995）, p.57.

137 Cf. P.F.D. Tennant, Ibsen's Dramatic Technique （New York：Humanities Press, 1965）p.90。惟易卜生之海達・蓋伯樂開場方式與十九世紀程式化的清潔或階下場（feather-dusting or below-stairs scene）表面上非常類似，

但易卜生賦予比較豐富的內涵。

138 Ibid., p.91.

139 John Howard Lawson, Theory and Technique of Playwriting and Sceenwriting（New York：G.P. Putnam's Son, 1949）. 中譯本：鄧牧君、齊雷（北京；中國電影出版社 1997）頁296。

140 易卜生此處所做的場面調度方式與現代劇場導演方法中的強調重要人物出場的技巧十分吻合。請參見Alexander Dean and Lawrence Carra, The Fundamental of Play Directing, fifth edition（Wadsworth Thomson Learning 1989）, pp.97-98.

141 自從喬治泰斯曼出場與朱麗亞姑媽對話以來，在朱麗亞姑媽的潛台詞裏透露出一直想知道是否懷孕，而笨拙的泰斯曼卻始終不悟。一則顯示泰斯曼的性格，再則易卜生刻意避諱由當事人口中直接道出肯定的答案。

142 Daniel Haakonsen, "The play-with in-the play in Ibesn's realistic drama" in Daniel Haakonsen, ed. Contemporary Approaches to Ibsen, Vol.2（Oslo：Universitets-forlaget 1971）, pp.101-17.

143 Daniel Haakonsen, "The play-with in-the play in Ibesn's realistic drama" rpt. in Charles R. Lyons ed. Critical Essay on Henrik Ibsen（Boston, Masschusetts, 1987）, p.217.

144 Ibid., p.218.

145 Ibid., pp.220-221.

146 Ibid., pp.221-222.

147 Ibid., p.223.

148 Ibid., p.225.

149 Ibid., p.226.

150 Frode Helland, “Irony and Experience in Hedda Gabler” in Bjrn Hemmer & Vigdis Ystad eds., Contemporary Approaches to Ibsen Vol.8（Oslo：Scandinavian University Press, 1994）, pp.101-102.

151 Ibid., p.102.

152 Ibid.,

153 此處海蘭德對海達與泰斯曼的關係的分析和判斷上和判斷上，特別強調了男尊女卑，主從不對等的關係，但她堅持要把阿普的“她是家庭的一份子”，改為“她屬於這個家庭”（Translator’s Note：I have replaced Arup’s〝one of the family“with” belongs to the family〞for the sake of the ensuing argument）。或許泰斯曼不自覺流露該社會或傳統的價值觀念，但就整個劇本泰斯曼對待海達的態度、語言、行為來論，並不強烈鮮明，甚至有時相反，海達強勢得多。人物章節中已分析，在此不贅。Cf. Ibid., p.103.

154 易卜生一向被認為在故事的處理上採遲著點入手或晚發軔的代表，所隱瞞的過去事蹟或真相與現在動作的進行形成因果關係的體系，開始觸及或引發揭露的端倪，亦是衝突的發軔點。群鬼和玩偶之家（Ghosts and A Doll’s House）都是典型的範例。但海達・蓋伯樂並非如此，現在動作的進行，與過去的關聯性不大，也不以揭露隱匿為主軸，在展示之餘所引發衝突的帽子場景，固然與其將軍之女的出身背景有關，但真正的關鍵在她性格中的破壞，毀滅的衝動。

155 親密的威脅實在是個相當弔詭（paradox）的說法，詳見 Frode Helland, “Irony and Experience in Hedda Gabler” in Bjorn Hemmer & Vigdis Ystad eds., Contemporary Approaches to Ibsen Vol.8 （Oslo：Scandinavian University Press, 1994）, p.105.

156 Ibid., p.107.

157 Ibid., P.109.

158 Søren Kierkegaard, “On the concept of irony” collected work Vol.1, p.275.

159 海達為探究艾太太與羅夫博各的關係，對上門求助的艾太太刻意示好，要泰斯曼熱情邀約羅夫博各前來敘舊。眼見他們全無所覺，其計得售，海達（走到艾太太的後面，微笑，低聲說著）：成啦！一石二鳥之計。（141頁）不自覺地流露出險惡的用心。

160 易卜生在此劇中不但避掉輕聲細語（whisper）在舞台上表演上的限制，可以合理的約定whisper進行時舞台上其他人物或觀眾聽不見。如內室的泰斯曼和布拉克之高談闊論同時亦可約定客廳裏的海達與羅夫博各whisper，不致被泰斯曼和布拉克聽到，但因其較接近觀眾故能聽的很清楚。並隨著泰斯曼走到客廳或退至內室，海達就要不斷改變話題，以免泰斯曼和布拉克所察覺，構成懸疑和做戲之感。易卜生把whisper的技巧在寫實風格裏發揮到無懈可擊的地步。See also P.F.D. Tennant, Ibsen's Dramatic Technique（New York：Humanities Press, 1965）。

161 從海達警告艾太太"那個邪惡的法官正坐在那裡注意著妳"等語云云，顯然即令坐在內室的布拉克法官沒有走到客廳或與海達有任何的交談，但兩組人物都可能自其各種感官沿著不同頻道，傳送除了對話之外的各種符號。同樣地每個人物也都由其不同的感官通道接到各種符號，並解讀其意義。此一傳播模式內的訊息交流情況，與劇場演出演員與觀眾之雙方傳播交流的模式相類似。Cf. Keir Elam, The Semiotics of Theatre and Drama（London & N.Y. Methuen, 1980）, p.39.

162 意指羅夫博各不但寫了人類過去的文明演進而且還預測未來，卻控制不了自己。See Ibsen's Note to Hedda Gabler, tran lated by A.G Chater in Christopher Innes ed., A Sourcebook on Naturalist Theatre（London & N.Y. ：Routledge, 2000）, P.98.

163 Ibid., p.99.

164 參見亞里斯多德《詩學》第六章及姚一葦《戲劇原理》（台北：書林，民國81年）頁117。

165 信差（messenger）為古希臘場所產生的程式化的人物或角色，其主要功能是敘述舞台外所發生的事件。尤其是希臘劇場不准許暴力在觀眾面前演出、謀殺、傷殘的行為都要移到景屋後進行。然後經由信差之口，以強而有力的視覺意象，精采的詩篇描述給觀眾聽。易卜生在本劇中所使用的方式，固然有因襲傳統，師法希臘、羅馬之處，但更為複雜，重複敘述，第一次真假參合，再述為真，實屬創新之技法。

166 Cf. John Howard Lawson, Theory and Technique of Playwriting and Screenwriting （New York：G.P. Putnam's Son's 1949）中譯本：鄧牧君、齊雷譯（北京；中國電影出版社 1999）221-236頁。

167 B.H. Clark：A Study of the Modern Drama（New York 1936）, pp.243-244.

168 John Howard Lawson, Theory and Technique of Playwriting and Screenwriting（New York：G.P. Putnam's Sons 1949）中譯本，鄧牧君、齊雷（北京；中國電影出版社，1999）336-337頁。

169 參見姚一葦：戲劇原理（台北；書林，民國81年）57頁。

170 Ibsen's note to Hedda Gabler, Translated by A.G. Chater in Chistopher Innes ed., A Source book on Naturalist Theatre（London & N.Y. Routledge, 2000）, p.99.

171 See Erick Fromm, the Heart of Man中譯本，孟祥森（台北；有志，民國81年）頁135。

172 焦慮一詞的定義為由累積且未卸載之一種力比多緊張所造成，而自發性焦慮（automatic anxiety）係指主體每當處於創傷情境時……即承受一股無法控制之內源或外源刺激的匯流的反應。引自Jean Laplanche & J.B. Pontalis：Vocabulaire De La Psychanalyse中譯本：沈志中、王文基（台北；行人 2000）頁31。海達在劇中的焦慮不安的症候呈現了三次：1.

第一幕朱麗亞姑媽認定海達懷孕，以家長身份重新界定海達身份定義之儀式場景後泰斯曼送走其姑媽的同時海達獨自一人時有此焦慮的姿態（131頁）。2.第四幕開場時海達一身黑衣，在黑漆漆的房間裡踱來踱去（231頁）。3.第四幕為了攏絡泰斯曼不要說出燒稿子的秘密，不惜示愛，且暗示她已懷孕，泰斯曼欣喜若狂，但海達（絕望地扭著雙手）：噢！殺了我——殺了我，這一切（238頁）。兩次是外源刺激關於懷孕的事。另一次為自發的內源刺激所匯集的反應。

173 引自亞里斯多德：《詩學》中譯本，姚一葦譯註（台北，中華，民國67年），頁83。

174 John Howard Lawson, Theory and Technique of Playwriting and Screenwriting （New York：G.P.Putam's Sons 1949）中譯本：鄧牧君、齊雷（北京：中國電影出版社，1999）頁225-226 。

175 同註173，頁190。

176 同註173，見姚一葦所作之箋頁191-193。亦請參見William Archer, Playmaking （Boston 1912）中譯本：吳君燮、聶文杞（北京：中國戲劇出版社）頁223-240。

177 易卜生於第一幕裏一再提及蕾娜姑媽病重一節（117和121頁），實為第三幕病危，第四幕亡故穿喪服等情節預留伏筆，否則就顯得太過突兀、意外。

178 易卜生雖以第二次敘述者為真，但既能推翻一次，就有可能否定N次，甚或是永無真實的可能性。前者如張藝謀之英雄，後者像黑澤明採用介川龍之介的小說竹藪中，更名為羅生門。

179 關於海達所贈的手槍子彈究竟打進羅夫博各身體的哪個部位，各譯本不盡相同：Edmund Gosse and William Archer, Translated：Brack No-in the bowels；Jens Arup Translated：Brack No....he was shot in the abdomen. Michael Meyer在其譯本註釋中指出"he must make it clear to her ,that the bullet has destroyed his sexual organs other wise Hedda's reactions make no sense. To translate this as "belly" or "bowels" is again to miss the point, yet Brack must not use the phrase "sexual organs" directly；he is far too subtle a campaigner to speak so blunty to a lady. "所以他譯成"In the stomach the lower part" See Hedda Gabler, trans. Michalel Meyer （London 1962）, p.117如此譯法似有弦外之音——去勢或報償等象徵意味。Cf. Errol Durbach, Ibsen Romantic（Athens：University of Georgia Press ,1982）, p.47.

180 P.F.D. Tennant, Ibsen's Dramatic Technique（New York：Humanities Press, 1965）, p.113.

181 Ibid., Cf. p.115.

182 Ibid.

183 William Archer, The Playmaking（Boston 1921）中譯本吳君燮、聶文杞（北京；中國戲劇出版社 1964）頁281-282。

184 同前註，見該書頁283，Archer眼見當代戲劇把自殺當作解開心結的輕易手段，甚至到了氾濫的地步，讓他頗為憂慮。

是故在分析易卜生劇中死亡的問題，頗為遲疑，在遣辭用句上就顯得含糊不清。

185 同註183，見該書頁282。

186 P.F.D.Tennant：Ibsen's Dramatic Technique （New York, Humanities Press, 1965）, p.116.

187 Cf.Eric Bentley：The Playwright as Thinker （New York：Harconrt, Brace &world, Inc. 1967）, p.91.

188 關於分期所包括的劇本，各家的說法並不太一致，惟今參照John Howard Lawson, Theory and Technique of Playwriting and Screenwriting （NewYork：G.P.Putnam's son, 1949）。以及其他學者專家的意見，因非本書所欲探討的課題，就不一一列舉。

189 George Bernard Shaw, Quintessene of Ibsenism：New Completed to the Death of Ibsen（New York：Hill , 1957）.

190 同註187，見該書頁92-93。

191 Erich Auerbach, Mimesis：The Representation of Western Literature中譯本，張平男（台北：幼獅，民國69年）頁713。

192 Speeches and New Letters of Henrik Ibsen, trans, Arne Kildal（New York：Haskell House 1972）, pp.49-51.

193 本書人物論，真有易卜生的影子已陳述海達蓋伯樂的重要人物在現實生活中都有可資對照的模特兒。如果在舞台指示的人物造形描述上稍有相似，都可能引起議論和困擾，易卜生也曾拒絕為Laura Kieler闢謠說她與Nora無關，他只願保持緘默，不肯介入任何人紛爭。見Michael Meyer, Ibsen（New York：Garden City Doubleday and Company, 1971）, p.634-635.

194 Cf. Charles R.Lyons, Henrik Ibsen：The Divided Consciousness（Carbondale：Southern IIlinois University Press, 1972）, p.176.

195 同註187，見該書頁21。

196 Henrik Ibsen to〝Edmund Gosse〞Dresden, 15th January 1874, The Correspondence of Henrik Ibsen, trans. and ed. Mary Morison（New York：Haskell House, 1970）, p.269.

197 同註191。

198 Dover本和Edmund Gosse and William Archer均譯為Fancy that, Rolf Fjelde譯為imagine that. Jens Arup譯成think of that。在語意的強度上似有強弱之不同，而且Rolf Fjelde常譯隨著不同語句，語氣略加變化，如第四幕的閉幕詞Tesman：Shot herself！Shot herself in the temple！Can you image！不那麼強調它的呆板，不變。

199 Dover本和Edmund Gosse and William Archer譯為comrades，而Rolf Fjelde和Jens Arup譯成companions。

200 同註187，見該書頁97。

201 Jennette Lee, The Ibsen Secret：A Key to the Prose Dramas（New York：Haskell House, 1976）, p.56.

202 Ibid., p.21.

203 Ibid., pp.25-26.

204 Ibid., p.26,似有過度強調人物性格的魅力，其實懸疑主要來自情節的設計。

205 Ibid., p.27.

206 Ibid., p.36.

207 Ibid., p.74.作者於此處對海達的象徵意義的解釋，顯然與前面再三強調的槍或槍人，很難相容或結合，她沒有論述理由。說布拉克代表世上的男人，幾乎等於廢話，泰斯曼的詮釋亦然。而男人和學生卻未必都是詩人，而且從劇本中實在看不出布拉克和泰斯曼兩人有什麼詩人氣息或詩作，而她也未提出證據或陳述原因和理由。

208 Ibid., pp.154-155，似有過度運用女性的直覺，感性的解釋之嫌。

209 Ibid., pp.155-156.

210 See Caroline W. Mayerson, Thematic Symbols：Hedda Gabler, Reprinted in Ibsen:A Collection of Critical Essays, ed. Rold Fjelde（Englewood Cliffs, W.J. 1965）, pp.131-138.

211 Ibid., pp132-133，固然把海達設定為生理上有孕，心理上不孕，黛拉則相反，在邏輯架構上有利於推論的結果，但是在劇中都找不到確切的證據。關於the“Third Kingdom”出自易卜生作品“Emperor and Galilean”亦請參見Henrik Ibsen's, Speeches and New Letters, trans. Arne kildal（New York：Hanskell House 1972）, pp.56-57.

212 Ibid., p.133.

213 認為易卜生以頭髮作為生育的象徵來自西方文學傳統的說

法，麥耶生未提出具體的證據，似有主觀認定想當然爾。

214 同註201，見該書頁135。

215 引自勃蘭兌斯（George Brandes）第三次印象，易卜生評論集，高中甫編選（北京，外語教學與研究出版社1982）頁87。

216 同註210，見該書頁135。

217 同前註，參見該書頁135-136，把海達的破壞性歸因於她的出生背景和教養所致，似有過度放大解釋的繆誤。否則就會推估軍人子女的次文化性格。我以為海達的破壞性行為還是其性格所致，詳見本書海達之破壞慾和戀屍傾向。

218 同前註，參見該書頁136-137。

219 同前註，見該書頁137。

220 Cf. Eric Bentley, The Playwright as Thinker（New York：Harcount, Brace & world ,Inc）, p.36.

221 同註210，見該書頁138。

222 同前註。

223 Cf. E. M. Forster, Ibsen and Romantict. Reprinted in Critical Essays on Henrik Ibsen , ed. Charles R. Lyons（Boston, Massachusetts：G.K.Hall & Co. 1987）,pp.163-167.

224 Errol Durbach, 'Ibsen the Romantic' Analogues of Paradise in the Later Plays（Athens：Georgia UP. 1982.）, Chapter 3 'Paradise within'：Hedda Gabler and John Gabriel Borkman as Types of the Romantic Self. pp.34-70.

225 Ibid., p35.

226 筆者以為海達此處的表態是反向，至少在意識與潛意識間是矛盾的，詳見本書參，三。

227 同註216。

228 同註224，見該書頁35-36。

229 Quoted in Morse Peckham, Romanticism：The Culture of the Nineteenth Century（New York 1965）, p.24.

230 Notes to Hedda Gabler Translated by Event Sprinchorn. in A Sourcebook on Naturalist theatre ed. Christopher Innes（London Routledge 2000）, pp.97-98.

231 Ibid., p98.

232 同註224，見該書頁39。

233 同註224，參見該書頁41-42。

234 同前註，見該書頁42。

235 同前註，見該書頁43。

236 Quoted in Morse Peckham, Romanticism：The Culture of the Nineteenth Century（New York 1965）, pp.21-22.

237 一般人都接受生命的週期一出生→成長→衰老→死亡的必然現象，所謂善終。舉凡外力介入造成死亡，因屬不自願非自由意志決定才是不幸，所謂凶死。然而自殺的情形則不同，可完全是個人意志的抉擇，可以是有意義的或者說賦予意義。

238 同註224，見該書頁48。

239 Eric Bentley, The Playwright as Thinker（New York：Harcourt, Brace & World, Inc, 1967）, p.36.

240 班特雷把現代悲劇分成披上現代外衣的悲劇和披上幻想外

衣的悲劇（tragedy in modern dress and tragedy in fancy dress）兩大類。如果把海達蓋伯樂歸為象徵或象徵主義則又屬於後者，究竟一部戲劇的象徵成分有多少或達到什麼樣的程度才叫象徵的戲劇是很難界定的，甚至兼具二重性格是常見的現象。

241 Cf. Errol Durbach, Ibsen The Romantic Analogues of Paradise in the Later Plays (Athens:The University of Georgia Press 1982). See also P.F.D. Tennant, Ibsen's Dramatic Technique (New York:Humanities Press, 1965) .

242 Ronald Gray, Ibsen—a dissenting View (London & New York：Combridge University Press, 1977), p.131.

243 Cf. Joseph Wood Kratch, Modernism in Modern Drama (New York:Cornell University Press, 1966), p.17-22. See also Frode Helland:"Irony and Experience in Hedda Gabler", in Bjorn Hemmer & Vigdis Ystad eds., Contemporary Approaches to Ibsen, Vol.8 (Oslo: Scandinavian UP. 1994).

244 亞里斯多德：《詩學箋註》，姚一葦譯註（台北：中華書局，民國67年）頁108。

245 同前註，見該書頁108-109。

246 Northrop Frye, Anatomy of Criticism Four Essays (New York: Princeton U.P. 1967).中譯本陳慧，吳偉仁等（天津，百花文藝，1998）頁3。

247 同前註，見該書頁4。

248 同註244，見該書頁111。

249 同註244，見該書頁109。

250 此間主要是指劇中人做出傷害，侵犯他人的行為時，其動機為何？是否有足夠的理由？有時候劇中人物自己也想找到藉口，逃避超我中道德原則的譴責和約束，以達到本我中破壞慾的滿足，前已論述海達之惡意侵犯、戀屍症傾向，請復按。

251 亞氏詩學中的詞彙hamratia用來描述悲劇人物犯錯或因誤會導致不幸，與現代常將其翻譯成tragic flaw悲劇人物性格上的弱點，諸如驕傲、剛愎自用、輕率、多疑等等，從而造成不幸的結果，不盡相同。用它批評浪漫的悲劇，像莎翁悲劇比較恰當。

252 Cf. Leo Lowenthal, Henrik ibsen : Motifs in the Realistic Plays, in Rolf Fjelde ed. Ibsen A Collection of Criticism Essays (Englewood Cliffs, N.J. Prientice Hall Inc, 1965.).

253 Notes to Hedda Gabler Translated by Evert Sprinchorn, in A Source book on Naturalist Theatre ed. Christopher Innes. (London & New York : Routledge , 2000) ,p.98.

254 Cf. P.F.D. Tennant, Ibsen's Dramatic Technique (New York : Humanities Press, 1965), p.115.

255 同註244，見該書亞氏所界定的悲劇定義，頁67，並參見第十三章之論證，頁108等。

256 Jennette Lee, The Ibsen Secret A Key to the Prose Dramas of Henrik Ibsen (New York : Haskell House 1976), pp.25-26.

257 Herbert J.Muller, The Spirit of Tragedy (New York : Alfred A. Knope 1956), p.266.

258 同註244，見該書頁108。

259 亞里斯多德曾將悲劇情節分為急轉，發現和受難三個部份。將受難界定為“一種破壞或痛苦性質之動作，諸如舞台上之謀殺、肉體之折磨，以及其他類似者”（同註235，見該書頁97）我以為受難最能代表悲劇人物之不幸，通常都會引起吾人情緒反應。

260 T.R. Henn, The Harvest of Tragedy (London : Methuen 1966), p.181.

261 Vidgis Ystad, “Tragedy in Ibsen’s Art” in Bjorn Hemmer & Vigdis Ystad eds., Contemporary Approaches to Ibsen. Vol.6. (Oslo : Norwegian University Press.1988), p.70.

262 Cf. G.Wilson Knight, Ibsen (London: Oliver and Boyd Ltd. 1962), pp.63-67.

263 此處兩度爰引莎翁名劇《哈姆雷特》作類比，一是三幕一景舉世聞名的獨白；另一個是五幕二景哈姆雷特死後，挪威王子福廷布拉斯以軍人之禮葬他，並讓何瑞修訴說故事的原委，既給予禮讚也讓世人理解它。

264 部份引用弗萊的觀念，同註246，詳見該書第三篇，〈秋天的敘述結構：悲劇〉，頁235-276。

265 Cf. Albert Camus, The Myth of Sisyphus and other Essays（New York: Random House 1969）. 中譯張漢良（台北，志文，民國63年）頁40-56。

陸、參考書目

一、英文部分：

Aston, Elaine and Savona George. Theatre as Sign-System: A semiotics of text and performance. London & New York: Routledge, 1991.

Brad brook, Muriel. Ibsen the Norwegian. London: Chatto and Windus, 1966.

Bentley, Eric. The Playwright as Thinker. New York: Harcourt, Brace & World Inc. 1967.

Beyer, Edward. Ibsen: The Man and His Work. Trans Wells, Marie. A Condor Book Souvenir Press (E&A) Ltd, 1978.

Brockett, Oscar G. History of the Theatre seventh edition. Boston: Allyn and Bacon, 1995.

Brockett, Oscar G. and Findlay, Robert. Century of Innovation. Second edition Boston: Allyn and Bacon, 1991.

Butcher, S.H. Aristotle's Theory of Poetry and Fine Art. 4th ed. New York : Dover Publications, Inc., 1951.

Clark, Barrett H. European Theories of the Drama. New York: Crown Publishers Inc., 1977.

Collin, Christen. Henrik Ibsen's Dramatic Construction

Technique. In Bjorn Hammer & Vigdis Ystad eds. Contemporary Approaches to Ibsen. Vol.9. Oslo: Scandinavian University Press. (1997) 209-19.

Davis, Derek Russel. George as Hjalmar's Other self, Eilert as Hedda's. In Bjorn Hemmer & Vigdis eds. Contemporary Approaches to Ibsen. Vol.7. Oslo: Norwegian University Press, (1991) 161-70.

Dean, Alexander & Carra, Lawrence. Fundamentals of Play Directing fifth edition. Wadsworth: Thomson Learning, 1993.

Durbach, Errol. "Ibsen the Romantic": Analogues of Paradise in the Later Plays. Athens: University of Georgia Press, 1982.

Durbach, Errol, ed. Ibsen and Theatre: The Dramatist in Production. New York University Press, 1980.

Egan, Michael, ed. Ibsen: The Critical Heritage. London: Routledge, 1972.

Elam, Keir. The Semiotics of Theatre and Drama, London & New York: Methuen, 1980.

Esslin, Martin. An Anatomy of Drama. London: Maurice Temple Smith Ltd. 1976.

Esslin, Martin. The Field of Drama, London: Methuen, 1996.

Fergussion, Francis. The Idea of a Theatre. Princeton University Press, 1972.

Finney, Gail. Women in Modern Drama: Freud, Feminism, and

European Theatre at the Turn of the Century. Ithaca and London: Cornell University Press. 1991.

Fjelde, Rolf. ed. Ibsen: A Collection of Critical Essays. Englewood Cliffs: Prentice-Hall. Inc. 1965.

Foster, E.M. Ibsen the Romantic. Reprinted in Critical Essays on Henrik Ibsen ed. Charles R. Lyons. Boston, Massachusetts: G.K. Hall & Co, (1987), 163-167.

Fromm, Erich. The Anatomy of Human Destructiveness. Pimlico: Random House. 1973.

Frye Northrop. Anatomy of Criticism Four Essays. New Jersey: Princeton University Press, 1971.

Gray, Ronald. Ibsen-avdissenting view: A study of the Last Twelve Plays. London: Cambridge University Press, 1977.

Haakonsen, Daniel. “the Play-within-the-Play” in Ibsen’s realistic drama. Rpt. In Charles R. Lyons ed. Critical Essays on Henrik Ibsen. Boston, Masschusetts; G.K. Hall & Co. (1987), 215-26.

Hatcher, Jeffery. The Art Craft of Playwriting. Ohio: Story Press, 1996.

Helland, Frode. Irony and Experience in Hedda Gabler. In Bjorn Hemmer and Vigdis Ystad eds., Contemporary Approaches to Ibsen. Vol.8, Oslo: Scandinavian University Press, (1994) 99-119.

Henn, T.R. Harvest Tragedy. London: Methuen & Co. Ltd.

1966.

Horney, Karen. M.D. Self-Analysis. New York: W.W. Norton & Company Inc. 1942.

Horney, Karen. M.D. Our Inner Conflicts: A Constructive Theory of Neurosis New York: W.W. Norton & Company Inc. 1945.

Ibsen The Complete Major Prose Plays. Trans. Rolf Fjelde. New York: A Plume Book. 1978.

Ibsen. Henrik. Hedda Gabler. New York: Dover Publications. Inc, 1990.

Ibsen, Henrik. Four Major Plays: A Doll's House, Ghosts, Hedda Gabler, The Master Builder, Trans, James Mcfarlane and Jens Arup. Oxford University Press, 1994.

Ibsen, Henrik. The Correspondence. Trans. And Ed. Mary Morison. New York: Haskell House Publishers Ltd.1970.

Ibsen, Henrik. Speeches and New Letters. Trans. Arne Kildal. New York: Haskell House Publishers Ltd, 1972.

Innes, Christopher. ed. A Sourcebook on Naturalist Theatre. New York. Routledge, 2000.

Jung, Carl. G. etc. Man and His Symbols U.S.A. Dell Publishing, 1968.

Knight, Wilson. G. Ibsen. London: Oliver and Body, 1962.

Koht, Halvdan. Life of Ibsen, Trans. Einar Haugen and A. E. Santaniello. New York: Blom.1971.

Kott, Jan. The Theatre of Essence. Evanston, Illinois: Northwestern University Press, 1986.

Krutch, Josephwood. Modernism in Modern Drama. New York: Cronell University Press, 1953.

Lavrin, JanKo. Ibsen and His Creation: A Psycho-Critical Study. New York: Haskell House Publishers Ltd, 1972.

Lawson, John Howard. Theory and Technique of Playwriting and Screenwriting. New York: G. P. Putnam's Son. 1949.

Lee, Jennett. The Ibsen Secret: A Key to The Prose Drama of Henrik Ibsen. Brooklyn, New York: Haskell House Publishers Ltd, 1976.

Lowenthal, Leo. Henrik Ibsen: Motifs in the Realistic Plays. In Rolf Fjelde ed. Ibsen: A Collection of Critical Essays. Englewood Cliffs, N.J. Prentice-Hall. Inc. (1965), 139-57.

Lyons, Charles R. Henrik Ibsen: The Divided Consciousness. Carbondale: Southern Illinois University Press. 1972.

Marker, Frederick J. & Maker, Lise-Lone. Ibsen's lively Art. New York: Cambridge University Press, 1989.

Mayerson, Caroline W. Thematic Symbols in Hedda Gabler. Reprinted in Ibsen: A Collection of Critical Essays. ed. Rolf Fjelde. Englewood Cliffs. N. J. Prentice-Hall. Inc. (1965), 131-38.

Mandel, Oscar. A Definition of Tragedy. New York University Press, 1961.

Mcfarlane, James. ed. The Cambridge Companion to Ibsen. Cambridge University Press, 1994.

Meyer, Michael. Ibsen: A Biography. New York: Doubleday & Company Ltd. 1971.

Muller, Herbert J. The Spirit of Tragedy. New York: Alfred A. Knope Inc, 1956.

Northam, John. Ibsen's Dramatic Method: A Study of the Prose Drams. Reprint Oslo: Universits for laget. 1971.

Northam, John. Ibsen A Critical study. London: Cambridge University Press. 1973.

Olton, Harley. Mythic Pattern in Ibsen Last Plays. Minneapolis: University of Minnesota Press, 1970.

Pfister, Manfred. The Theory and Analysis of Drama. Trans. John Halliday. New York: Cambridge University Press, 1994.

Robins, Elizabeth. On playing Hedda Ibsen and Actress, London: Hogarth Press, 1928.

Santayana, George. The Sense of Beauty. New York: Scribner, 1939.

Shaw, George Bernard. Quintessene of Ibsenism: New Completed to the Death of Ibsen. New York: Hill, 1957.

Solomon, Alisa. Re-Dressing the Canon: Essays on theatre and Gender London and New York: Routledge, 1997.

Suzman, Janet. Hedda Gabler: The Play in Performance,

In Ibsen and Theatre ed. Errol Durbach. London: The Macmillan Press Ltd. (1980), 83-104.

Szondi, Peter. Theory of the Modern Drama, Ed. and trans. Michael Hays Minneapolis: University of Minnesota Press, 1987.

Templeton, Joan. Ibsen's Women. Cambridge University Press, 1997.

Tennant, P.F.D. Ibsen's Dramatic Technique. New York: Humanities Press, 1965.

Ystad. Vidgis. Tragedy in Ibsen's Art, in Bjorn Hemmer & Vigdis Ystad eds. Contemporary Approaches to Ibsen Vol.6 Oslo: Norwegian University Press. (1988), 69-80.

Zucker, A.E. Ibsen the Master Builder. New York: Farrar. 1973.

二、中文部分：

卜倫　如何讀西方正典　余正偉等譯　台北：時報，民國91年。

凡勃倫　有閒階級論　蔡受百譯　北京：商務，1981。

卡繆　薛西弗斯的神話　張漢良譯　台北：志文，民國63年。

米利特　性政治　宋文偉等譯　台北：桂冠，2003。

弗萊　批評的剖析　陳慧等譯　天津：百花文藝，1998。

弗雷澤　金枝　王培基譯　台北：桂冠，民國80年。

伊拉姆　符號學與戲劇理論　王坤譯　台北：駱駝，1998。

李漁　　閒情偶寄　台北：淡江，民國50年。

伯蘭兌斯　　第三印象1898　姚俊德譯　高中甫編　北京：外語教學與研究，1982。

貝克　　戲劇技巧　余上沅譯　北京：中國戲劇，2004。

貝蒂　　女性的奧秘　程錫麟等譯　北京：北方文藝，2002。

佛洛伊德　　文集卷1癔症研究、釋夢　車文博主編　北京：長春，1998

佛洛伊德　　文集卷2性學三論、愛情心理學、論自戀、力比多類型　車文博主編北京：長春，1998。

文集卷4精神分析引論及續編　車文博主編　北京：長春，1998。

文集卷5圖騰與禁忌、文明及其缺憾、為什麼會有戰爭　車文博主編　北京：長春，1998。

佛洛姆　　人的心　孟祥森譯　台北：有志，民國81年。

人類破壞性的剖析　孟祥森譯　台北：水牛，民國83年。

佛德芬　　榮格心理學　陳大中譯　台北：結構群，民國79年。

亞里斯多德　　詩學箋註　姚一葦譯註　台北：台灣中華，民國55年。

亞舜　　佛洛伊德與女性　台北：遠流　2002。

尚・拉普朗虛　尚柏騰　彭大歷斯　精神分析詞彙　沈志中等譯　台北：行人，2000。

阿契爾　　劇作法　品君燮譯　北京：中國戲劇，2004。

易卜生　　易卜生文集　卷6　海達高布樂　潘家洵譯　北京：人民文學，1995。

易卜生文集　卷8　詩選與文論　劉開華等譯　北京：人民文學，1995。
易卜生戲劇選集　海達蓋伯樂　高天恩譯　台北：淡江大學，民國76。
易卜生兩性關係戲劇選上　海妲蓋伯樂　台北：左岸文化，2003。
柏拉圖　柏拉圖全集卷一伊安篇　卷二斐德羅篇　王曉朝譯　台北：左岸文化，2003。
姚一葦　藝術的奧秘　台北：開明，民國57年。
美的範疇論　台北：開明，民國67年。
戲劇原理　台北：書林，民國81年。
麥克魯漢　認識媒介　葉明德譯　台北：巨流，民國67年。
雲格爾　死論　林克譯　香港：三聯，1995。
勞遜　戲劇與電影的劇作理論與技巧　北京：中國電影，1999。
奧爾巴哈　模擬：西洋文學中現實的呈現　張平男譯　台北：幼獅，民國69年。
榮格　心理類型　吳康等譯　台北：桂冠，1989。
榮格等　人及其象徵　龔卓軍譯　台北：立緒　民國88年。
德希達　他者的單語主義起源的異肢　張正平譯　台北：桂冠，2000。

國家圖書館出版品預行編目

海達蓋伯樂研究 / 劉效鵬著. -- 一版.
臺北市 : 秀威資訊科技, 2003[民 92]
面 ; 公分. -- 參考書目 : 面
ISBN 978-986-7614-13-1(平裝)

881.455 92022476

美學藝術類 AH0003

海達蓋伯樂之研究

作　　者 / 劉效鵬
發 行 人 / 宋政坤
執行編輯 / 林秉慧
圖文排版 / 張慧雯
封面設計 / 黃偉志
數位轉譯 / 徐真玉　沈裕閔
圖書銷售 / 林怡君
網路服務 / 徐國晉
出版印製 / 秀威資訊科技股份有限公司
台北市內湖區瑞光路 583 巷 25 號 1 樓
電話：02-2657-9211　　傳真：02-2657-9106
E-mail：service@showwe.com.tw
經 銷 商 / 紅螞蟻圖書有限公司
台北市內湖區舊宗路二段 121 巷 28、32 號 4 樓
電話：02-2795-3656　　傳真：02-2795-4100
http://www.e-redant.com

2006 年 7 月 BOD 再刷
定價：230 元

讀　者　回　函　卡

感謝您購買本書，為提升服務品質，煩請填寫以下問卷，收到您的寶貴意見後，我們會仔細收藏記錄並回贈紀念品，謝謝！

1.您購買的書名：________________

2.您從何得知本書的消息？

□網路書店　□部落格　□資料庫搜尋　□書訊　□電子報　□書店

□平面媒體　□ 朋友推薦　□網站推薦　□其他________

3.您對本書的評價：(請填代號　1.非常滿意 2.滿意 3.尚可 4.再改進)

封面設計____　版面編排____　內容____　文/譯筆____　價格____

4.讀完書後您覺得：

□很有收獲　□有收獲　□收獲不多　□沒收獲

5.您會推薦本書給朋友嗎？

□會　□不會，為什麼？________________

6.其他寶貴的意見：________________

____

____

____

讀者基本資料

姓名：____________　年齡：______　性別：□女　□男

聯絡電話：____________　E-mail：____________

地址：________________________

學歷：□高中(含)以下　□高中　□專科學校　□大學

□研究所(含)以上　□其他________

職業：□製造業　□金融業　□資訊業　□軍警　□傳播業　□自由業

□服務業　□公務員　□教職　□學生　□其他________

請貼
郵票

To：114

台北市內湖區瑞光路 583 巷 25 號 1 樓

秀威資訊科技股份有限公司　　收

寄件人姓名：

寄件人地址：□□□

- -

(請沿線對摺寄回,謝謝!)

秀威與 BOD

BOD（Books On Demand）是數位出版的大趨勢，秀威資訊率先運用 POD 數位印刷設備來生產書籍，並提供作者全程數位出版服務，致使書籍產銷零庫存，知識傳承不絕版，目前已開闢以下書系：

一、BOD 學術著作—專業論述的閱讀延伸
二、BOD 個人著作—分享生命的心路歷程
三、BOD 旅遊著作—個人深度旅遊文學創作
四、BOD 大陸學者—大陸專業學者學術出版
五、POD 獨家經銷—數位產製的代發行書籍

BOD 秀威網路書店：www.showwe.com.tw
政府出版品網路書店：www.govbooks.com.tw

永不絕版的故事・自己寫・永不休止的音符・自己唱